顔を上げた私を待っていたのは、
ちょっと意地悪な眼差しで
にやりと笑うソルだった。
「ソル殿下じゃない……
これは俺様のソルですね!?」
「お前は何でこんな簡単に
騙されるんだ。
好きな相手にこんなふうに
間違われたら、あいつも凹むぞ」
「普段はわかります!
でもソルがこんなふうに
ソル殿下の真似をするから……!」

クラレンス・ニコルス
ソル王子の側近であり、
ソルを敬愛している。
ソル・トロワ・クラヴェル
ナーバナ王国の第三王子。
おとなしい性格だが、
「俺様」な別人格を持つ。
セレナ・オルレアン
貧乏伯爵家の息女。
ソル王子の
婚約者にして聖女。

オリヴァー・シャルル・クレール
ナーバナ王国の第二王子。
エリカ・ファリントン
第一王子クリストファーの婚約者で、聖女だったが——。
ルウ
セレナたちが街で出会った魔女。
マリンちゃん
クラブ・ピンクトルマリンで働いている謎多き美女。
ノエル・モーリアック
モンレール王国第九王女。セレナと意気投合する。

Contents

一分咲
イラスト／笹原亜美
落第聖女なのに、
なぜか訳ありの
王子様に
溺愛されています！
2

口絵・本文イラスト／笹原亜美
デザイン／しおざわりな（ムシカゴグラフィクス）

【プロローグ】

これは、セレナ・オルレアンがナーバナ王国の聖女として広く認知され、彼女を陥れようとしたファリントン侯が失脚して数週間後のお話。

◇◇◇

この部屋の隅に置かれているのは太陽樹の葉。

私が聖女だと認められてから、この王宮には太陽樹の葉っぱがたくさん常備されるようになった。

ソル殿下の執務室でクラレンス様が淹《い》れてくださった紅茶を飲み、浄化された綺麗《きれい》な空気を吸った私はひとつ伸びをする。

「うーん！　今日も楽しい一日になりそうですね！　ソル殿下、今日は何をしましょうか？」

「そうだ。セレナが来ると思ったから、恋愛小説の新刊を取り寄せておいたよ」

「わぁ！」

ソル殿下から渡されたのはかわいらしい女の子と男の子が手を繋《つな》いでいる表紙の小説だった。

女の子は碧《あお》い石がついたロッドを、男の子は剣を持っている。

今から冒険に行くのかな。すっごく楽しそう！

わくわくしながら表紙を眺めていた私は、はたと気がついた。

「ん。あれ、これお子様向けの児童書ですね？」

「お前にはぴったりだろう」

そこまで言われて、私はハッとする。

顔を上げた私を待っていたのは、ちょっと意地悪な眼差しでにやりと笑うソルだった。

「ソル殿下じゃない……これは俺様のソルですね⁉」

「お前は何でこんな簡単に騙《だま》されるんだ。好きな相手にこんなふうに間違われたら、あいつも凹むぞ」

「普段はわかります！　でもソルがこんなふうにソル殿下の真似をするから……！」

どうやら、今日のソル殿下は俺様のソルで、ソル殿下の真似をしていたみたい。

自分でも言っていて訳がわからなくなるけれど、とにかくいつもは間違えたりしないのに！

ソルの背中をポカポカ叩《たた》いていると、クラレンス様が呆《あき》れたように声をかけてくる。

「どう考えても婚約者同士の会話に聞こえないんですが大丈夫ですか」

「私の婚約者はソル殿下です。この俺様なソルはお友達です」

「その通りだ。こんな間の抜けた聖女が俺の婚約者だなんてこと、あってたまるか」

「本当にそうです！」

俺様のソルには、もっと頭の回転が速くて美人などこかのご令嬢がぴったり。

自分を馬鹿にされたのはわかったけれど、納得しかなくてうんうんと頷《うなず》いていると、ソルはクラレンス様に労いの言葉をかけた。

「クラレンス。こいつらの世話で疲れてはいないか」

「殿下のそのお言葉だけで疲れが吹っ飛びます。未来の国王陛下」

「何度言ったらわかるんだ。その呼び方はやめろ」

俺様のソルの前ではみんながたじたじになってしまうけれど、クラレンス様は俺様のソルを崇拝していらっしゃる。

もちろん、いつものソル殿下よりも俺様ソルの方が好きとかそういうわけではなくて、憧れの上司像にぴったりなのだとか。

俺様ソルと一緒にいる時のクラレンス様はいつも目を輝かせていて、生き生きとしてとっても楽しそう。

そのまま二人の間では、何だかお仕事の話が始まってしまった。

私にはよくわからないので、テーブルの上のクッキーに手を伸ばした。

クッキーにはりんごジャムがのっている。

さくっ。おいしい！

甘さ控えめのクッキー生地と、りんごジャムのフルーティーな香りがたまらない。

おばあちゃまが送ってくれるビスケットも好きだけれど、王宮へ遊びに来た時に出される高級な焼き菓子ってとてもおいしいと思う。

俺様ソルが出す指示を絶賛するクラレンス様と、それを面倒くさそうにあしらう俺様ソル。

その会話を聞きながら、もうひとつ食べちゃおう、とお皿に手を伸ばしたところで私は思い出した。

「りんごジャム……姫りんごの木……」

そうだ。この部屋の壁には一つの絵がある。

その絵の中には、ブリキのたらいから生えた大きな木。

この木には姫りんごのような小さな実が生《な》るのだ。

これまでに、ソル殿下はその実を二つ食べた。

実が生るのはあと一回だけ。

それを食べると、ソル殿下は本来の自分に戻れるのだという。

でも、そうすると俺様ソルは消えてしまうのだ。

私たちはそのことを当たり前のように受け止めているけれど、それってすごく寂しいことじゃないかな。

お皿に伸ばしかけた手を引っ込めた私は俺様ソルとクラレンス様に聞いてみる。

「あの……ソルを消さない方法ってないのでしょうか」

「ないだろう普通」

「……ですよねぇ。すみません」

俺様ソルはいつも通り自信たっぷりに答えてくれたけれど、私の問いは無神経だったかもしれない。

さくっ。私はまたジャムクッキーを口に放り込んだ。

ソルがいなくなるのが寂しいという感情のままに発言してしまったことを後悔する。

しばらく喋《しゃべ》らないでおこう。

「セレナ嬢、息をしてくださいね」

「そうでしたね」

クラレンス様のアドバイスに、私は以前、息を止めて気絶したことを思い出す。

息をしたまま黙ります。

さくさくとクッキーを食べる私を横目に、俺様のソルは話を進めていく。

「確かに、俺が外に出られる時間がかなり増えてきたな。どうやら、俺が外にいる時間が増えれば増えるほど終わりに近づいていくらしい」

「不思議なものですね」

「神が最後の時間を与えているのかもしれないな。実が生るまではもうすぐかもしれない」

「…………」
何の感情もなく、さらりとした声色。
俺様ソルが言うことには何でも同意するクラレンス様が黙ってしまった。
クラレンス様も、きっと私と同じ気持ちなのだと思う。
私たちにとっては、ソル殿下と俺様ソルはどちらも大切な人なのだ。
――壁にかけられた絵は、あまり見たくない。

【第一章】

次の日の朝。

私は、祈りの塔の前で俺様ソルのお出迎えに面食らっていた。

「ここが祈りの塔か。随分ボロいな」

「な、なんてことを仰るんですか！　神聖な場所なのに！」

無事（?）誰かに搾取されることなくナーバナ王国の聖女に就任した私は、日課だった毎朝のお祈りを王宮の敷地内にある『祈りの塔』でおこなっている。

今日も日の出と同時に元気にオルレアン伯爵家のタウンハウスを出て、祈りの塔にやってきた。たっぷり時間をかけてお祈りをしたあと、クラレンス様が淹《い》れてくださるミルクティーを飲んで帰ろうかな、とスキップで塔を出たところで俺様ソルに出くわしたのだ。

チュンチュンとさえずる小鳥の鳴き声をバックに、私は首を傾げた。

「それで、こんな朝から何のご用でしょうか？」

「――最近変わったことはないか？」

「変わったこと、ですかぁ」

うーん。

エリカ様のお父上、ファリントン侯の失脚に伴い私のまわりは騒がしくなった。

まず、私がどうやら本物の聖女だったらしいと明かされたけれど、王宮の人たちや国民は驚いたものの、オルレアン伯爵家の皆はいつも通りだった。

のんきなお父様とお母様は形式的に驚いたあと夕食のメニューを相談してきたし（しかも特にお祝いメニューでもなかった）、領地のおばあちゃまは私の大好きなビスケットを送ってくれ（いつものこと）、おじいちゃまはたくさんの字が書かれた手紙を送ってきた。

おじいちゃまだけは、私を十年前の聖女試験に参加させたことを後悔しているみたい。

オルレアン伯爵家で一番まともな反応を返してきたのが、一番ちゃらんぽらんなはずのおじいちゃまだったことがびっくり。

このお話をソル殿下にしたら『オルレアン伯爵家ってやっぱりいいね』と言ってくれ、俺様ソルにしたら『お前の家は一家揃《そろ》って頭がおかしいのか』と冷めた目で見られた。

やっぱり、ソル殿下も俺様のソルもどちらも楽しい。

いなくなってほしくなんかないな。

ていうか、聖女になる前となったあと、私の扱いって全然変わってないのでは？

聖女になったらエリカ様みたいなカリスマ性が発揮されるのかと思ったけど、全然そんなことなかった！

さすが私！

あれこれ考えている私に、俺様ソルはため息をついた。

「鈍いお前に聞いた俺が悪かった。まぁ変わったことはないみたいだな」

「そうですねえ。おじいちゃまが意外とまともだったことが判明してびっくりしたぐらいでしょうか」

「いい爺《じじい》だな」

「ええ、爺です」

そんな話をしながら二人で執務室へと向かう。

最近、ソル殿下と一緒にいるとドキドキ心臓が騒がしくなる私には、俺様ソルとの会話はちょうどいい気がする。

こうして過ごしているうちにソル殿下の前でのドキドキも治らないかなぁ。

「治るわけがないだろう」

「え？　聞こえてましたか？」

「俺様ソルって何だ？」

「どこから聞いていたんですか？」

「ソル殿下と一緒にいるとドキドキ心臓が、からだな」

「わ、私、そんなことを言っていましたか……!?」

「お前は鈍さが素晴らしいな。褒めてやろう」

絶対に褒められていない。

何はともあれ、俺様ソルの隣を、私は落ち着いてゆっくり歩く。

「ソルのルックスは煌《きら》びやかすぎるじゃないですか？　顔がいいといいますか」

「ああ、そうだな」

「ドキドキするのはお顔の素晴らしさのおかげだと思っていたんですけど、なんか違うみたいなんです。どうしてだと思いますか」

「そんなの自分で考えたらいいんじゃないか。お前は馬鹿なのか」

「うっ！」

実は、私にだってわかっている。

これは、あれに似ている気がする。

私が普段夢中になって読んでいる少女小説に出てくる、甘酸っぱい感情。

でも、私が恋を⁉

しかもついこの間まで『ざまぁ』する気満々だったソル殿下に⁉

そう思っただけで顔が熱くなって叫びたくなってしまう。

その答えを俺様ソルに教えてもらおうと思ったのだけれど……。

「自分で考えるって難しいですね。ソル殿下の側にさえ行かなければドキドキしなくて済むと思ったんですけど」

「お前は逃げ癖がついているんだろう」

俺様ソルはそう言ってふっと笑った。

そうして私の手を握る。意外とそっと。

ん？　手を握った⁉

「ソル、何を……」

「面白そうだからヒントをやろう。お前、あっちの俺とエリカ嬢がこうやって歩いていたらどう思う？」

「それは嫌です」

「返事が早いな。それが答えだろう」

「⁉」

ソルは口をぱくぱくさせて何も返せない私の手を放すと、王宮の回廊を先に歩いていく。

そうして振り返ると、思い出したように微笑んだ。

「さっきの話――最近何か変わったことはないか、という質問に関してだが」

私はぶんぶんと頭を振り、あわてて頭を切り替える。

ソル殿下のことも、ソル殿下と仲良く密着して手を繋《つな》ぐエリカ様のことも頭から追いやった。

もちろん、全部妄想だけれど。

「？　はい」

「お前には守りの魔法を授けてある。だから大丈夫だとは思うが、念のため用心しろ」

「？　はーい」

少し意味深な俺様ソルの言葉に、私は調子良くお返事したのだった。

■夢の中で（ソルside）

その日の夜、白いもやの中。

ソルは同じ空間にいる自分に向かって話しかけた。

「今朝はセレナと散歩をして楽しかった？」

「ああ。あいつは面白いな」

「セレナがかわいいのはわかるけど、あまりからかっちゃダメだよ。彼女が傷付いたらかわいそうだ」

「……からかわれて傷付くタイプにみえるか？　その前にまず、全方位から好かれる聖女だぞ」

セレナがたまに漏らす呼び名では「俺様ソル」といわれるもう一人の自分は、観察眼に優れている。

ソルと能力を二分しただけあって、あらゆるものを見抜く。

今日も、セレナ自身が気づいていない気持ちを浮き彫りにさせようとした。

それをソルはこの白いもやの中でやきもきしながら見ていたのだ。

「だからと言っていきなり手を握るのはやりすぎじゃないかな？　セレナは驚いていたよ」

「お前への気持ちを自覚させるのにちょうどいいだろう」

「まぁ確かにそれはそうだけど」

ソルは苦笑して、もう一人の自分を見た。

この白いもやは、意識の中。

外に出ていない時の自分はいつもここにいる。

はじめてここにきたのは、幼い頃に母親から渡された不思議なお茶を飲んだ日の夜。

これまでにない違和感に襲われながらベッドに入り眠りについたら、この真っ白な世界に飛んだのだ。

そこにはもう一人の自分がいた。

厳しい目をして、「ここは何だ」と怒っている自分が。

それ以来、ソルは眠りにつくともう一人の自分に会うようになった。

彼もこの白い世界から外を見ているようで、一日に起こったことを知っていた。

能力の半分を持っていかれてしまったソルがこれまでうまく立ち回ってこられたのは、このもう一人の自分のおかげでもある。

「それよりもお前、ここからアイツを見ていること、言わなくていいのか」

「何のことかな？」

「アイツが俺にお前の惚気《のろけ》話をしているのをずっとここから見ているんだろう？　アイツ、知ったら羞恥で爆発するんじゃないか」

「爆発されたら困るけど、赤くなるとこは見たいかな」

「……そういうところが、もう一人の俺、って感じするな」

『俺様ソル』らしい余裕の微笑みに、ソルも笑みを返した。

「ああ。だから黙っていてね？」

◆◆◆

エリカ様のお父様、ファリントン侯が失脚してからというもの、王宮内の動きはどんどん活発になっているみたい。

政治のことは私には全然わからないけれど、毎日ソル殿下と俺様ソルとクラレンス様は真剣な話をしている。

ソル殿下の執務室には、たまに二番目のお兄様・オリヴァー殿下もいらっしゃるようになった。

皆、毎日お仕事ばかりで大変だ。

こんな時こそ癒しが必要だと思う。

「だからってなんでここに連れてくるんですか」

顔を引《ひ》き攣《つ》らせて頬を染めたクラレンス様に、私は声高らかに宣言する。

私の手には、黄金のチケットがあった。

「『クラブ・ピンクトルマリン』から今日限定のセット料金99パーセントオフチケットが届いたんです！　しかもドリンク代は無料なのだとか！」

「でも出てくるのアイスココアですよね」

「あああ！　どうしてお酒を出していただけないのでしょうか」

「マリンさんにとって、私たちはひよっこらしいですからねえ。セレナ嬢には一生アイスココアしか出ないでしょうね」

「そんな！」

クラレンス様の非情すぎる予想に絶望する。

ここは王都のトウプ通り、『クラブ・ピンクトルマリン』の扉へと続く階段の前。

日はすっかり落ちて空は暗くなり、通りにはカラフルな明かりが煌々《こうこう》と灯っている。

しっかり、営業時間です！

「セレナ。その訳あり風な格好、とてもよく似合ってるね」

「ありがとうございます！　ソル殿下の没落貴族風ファッションも素敵です！」

「ソル殿下は何を着てもお似合いで」

いつも通り、クラレンス様はソル殿下のことをすっごく褒めていらっしゃる。

本当に好きなんだなぁ。

今日、『クラブ・ピンクトルマリン』にやってきたメンバーは、没落貴族風のソル殿下に借金取り風のクラレンス様、ローブに身を包んだ訳ありボロボロメイドな私。

そして。

「こんなところにいたら目立ってしまいますわ？　早く入りましょう？」

水色の髪をブロンドに染め、ぴたぴたとしたドレスに身を包んだエリカ様だった。

だけど、このぴたぴたドレス、どこかで見たような……？

そうだ。ソル殿下のところに毎日通っていたエリカ様が着ていたものとほぼ同じ！

あまりの露出の多さに、目のやりどころに困った私は聞いてみる。

「そのお洋服はいったいどちらで買われたんですか？」

「こちらのマリンさんと同じお店ですわ。親類に調べさせましたの」

あらゆるところで手を抜かないエリカ様。

しかも、似合っているのがすごいと思う。

本当にさすがすぎます……！

そんなやりとりをしていると、カランと音がして扉が開いた。

階段の下から、マリンちゃんがこっちを見ていらっしゃる。

葡萄《ぶどう》色の髪と、濃いめに引かれたルージュがとっても色っぽい。

「アンタたち。いくら変装していてもそんなとこにいたら目立つじゃないの。早く入っていらっしゃい」

マリンちゃんはいつも私たちの訪問を先回りして知っている。

「さすが、三百年生きていらっしゃる魔導師さんですね！」

興奮して思わずパチパチと手を叩《たた》いた私に、クラレンス様が呆《あき》れたようにおっしゃる。

「……今日は私でも予想できますけどねえ」

「え？」

「その金色のチケットです」

私は自分の手元に視線を落としてハッとした。

あ。確かに。


店内に案内された私たちは、あまり目立たない端っこのテーブル席に案内された。

営業時間中なだけあって、店内は賑《にぎ》やか。

マリンちゃんのほかにもきれいな女の人がたくさんいて、思わずぽーっとしてしまう。

「本当にセレナはここが好きだね」

「はい！　オルレアン伯爵家のルーツですから」

おじいちゃまが豪遊していた『クラブ・ピンクトルマリン』。

そのおかげで私はマリンちゃんと仲良くなれたし、おじいちゃまってなかなかやると思う。

店内をキョロキョロ見回しているうちに、私の隣にマリンちゃんが座った。

とってもいい匂い！

そして、当然のように私たちの前には人数分のアイスココアが置かれた。

「やっぱり！」

「あたりまえだろう。アンタたちはまだまだひよっこだよ」

今日はドリンク代が無料だと聞いていたから期待はしていなかったけれど、やっぱり予想通りの展開だった。

まぁ、マリンちゃんにとって私たちは赤ちゃんみたいなもの。

仕方がないよね。

そんなことを考えていると、マリンちゃんはソル殿下とお話を始めた。

私は静かにアイスココアを飲むことにする。甘くておいしい。

「今日はいろいろなお客が来ているんだ。アンタのことはソーちゃんと呼ぼうかねぇ」

「ソーちゃん！」

かわいい。

「セレナ嬢は黙りましょうか」

「はい」

声に出てたみたい。

クラレンス様に睨《にら》まれたのでアイスココアをもう一口飲む。おいしい。

今度こそ本当に黙ります。

口をしっかりと結んだ私を見てくすっと笑ったマリンちゃんは、話し始めた。

「そこのブロンド美女のお父上が退いてからというもの、ここはいつもこんな調子さ。よく見てみな。アンタたちが日中に王宮で会っている人間ばかりじゃないか？」

ブロンド美女ってエリカ様のことだよね。

マリンちゃんのお墨付き！　と思ったけれど私は黙ったままさらにアイスココアを飲む。

お話の邪魔をしてはいけない。

「このお店に入った時から薄々勘づいてはいましたが……その通りです」

慎重に口を開いたソル殿下に、マリンちゃんはテーブルの上の不思議な箱を指差した。

「大丈夫だよ。このテーブルの周辺には防音魔法を張ってある。このテーブルでの会話は外に聞こえない」

「なるほど。今日はこの状況を見せるためにお呼びくださったということですね」

「ふふん。アタシはアンタたちの味方だからね。自分が見た未来を実現させたいからこうやって協力しているわけじゃない。少しでもこの国がいい方向に向かうようにしたいのさ」

私は手元の金色のチケットを眺める。

そっか。マリンちゃんは今日ここに私たちを呼ぶためにこのチケットを……。

国のため、というけれど、マリンちゃんがこんなに私たちを助けてくれるのは不思議なことのような気がする。

私たちに何か思い入れとか、助けてほしいことがあるのではないかな。

……ないな、うん。

とにかく何もわからない私はこの会話を邪魔しないようにしなきゃ！

ストローを咥《くわ》えたまま固まっている私をチラリと見て、マリンちゃんは席を立った。

「アイスココアならいくらでもおかわりを出してあげるよ。ここで存分に情報収集していくといいさ」

かしこまりました！

ということで、私とエリカ様はアイスココアを飲みながらソル殿下……いやソーちゃんのルックスについて語り合い、ソーちゃんとクラレンス様は周囲を観察することになった。

「セレナ様はソーちゃんの隣にいる意味をもっと深くお考えになるべきですわ。ルックスが好きなだけだけではいけませんのよ」

「あの、私はソル殿下……じゃなくって、ええと」

「ソーちゃんですわ」

エリカ様、ソーちゃんをもう使いこなしていらっしゃる。すごい。

頭が良くて振る舞いが上品なエリカ様は、私なんかよりもずっと王族の人の結婚相手としてふさわしいと思う。

もちろん、ソル殿下の隣をお譲りするわけじゃないけど……！

子どもの頃からずっと『次期王太子妃』として教育を受けてきたエリカ様。

クリストファー殿下のお側を離れて本当に良かったのかな。

エリカ様はソル殿下のファンだし、クリストファー殿下はどういうことなのか『シェリル』を気に入っているみたいだけれど……。

ん、やっぱりこれで良かったのかもしれないな？

と落ち着きかけたところで、ソーちゃんとクラレンス様の空気がぴりりとしたものになった。

「……今、奥の個室から出てきたのはアーロン公だな」

「アーロン公とはオリヴァー殿下派の？　本当でしょうか？」

「ああ。部屋の中が少し見えたが、クリストファー殿下派のオルブライト伯と一緒だった」

「それはまたきな臭い」

「ファリントン侯が失脚して以来、ここが拠点になっていたということか」

「木を隠すなら森の中といいますしね。誰が後釜になるか駆け引きをしているというわけですか」

「とにかく、のんびりとしてはいられなくなったな」

お二人の会話にエリカ様は空気を読んで澄ましていらっしゃる。

私も目を泳がせながらごくごくとアイスココアを飲んだ。

（…………）

ちょっと、お花摘みに行ってこよう。

席を立ち、用事を済ませた私を待っていたのは鮮やかなピンク色の瞳だった。

「マリンちゃ……さん！」

「アイスココアのお代わりかい」

それはもういいです。

アイスココアを飲み続けていた私のお腹はいつのまにかたぷんたぷんになっていた。

今日の変装が訳ありボロボロメイドの格好でよかった！

コルセットを締めていたらきっと苦しかったと思う。

「そうかい」

「⁉　何も言っていませんけれど？」

また心の中を読まれてしまったみたい。

でも、皆が考えていることがふんわりとわかるマリンちゃんなら、今の私の心配はお見通しじゃないのかな。

そんなことを考えていると、マリンちゃんはみんなとは違うカウンター席に私を案内してくれた。

椅子に座ったけれど、アイスココアは出てこなかった。

代わりに私の前に出されたのは、コーンスープ。

コーンの粒がたくさん入っていて、とろみもある食べ応えがありそうなスープだった。

アイスココアでたぷんたぷんになったお腹にはありがたい！

「いただきます！」

スプーンですくって口に運ぶ。

とうもろこしの濃厚な甘み！

しゃきしゃきした食感がたまらない！

アイスココアで冷え切った身体とお腹に染み渡っていく。

うーん、幸せ！

私がコーンスープをゆっくり味わうのを、マリンちゃんは優しく見守ってくれていた。

そうして、飲み干しかけたところで妖艶な微笑みを向けてくる。

「ふふふ。アンタは本当に素直で優しい子だねえ」

「!?」

な、何がでしょうか？

「アタシのことを気にしてくれているんだろう？　アンタたちを気にかける理由――困っていることがあるんじゃないか、って」

「まさかそんな失礼なことは！」

でも……確かに、私たちを助けてくれようとするマリンちゃんのことは気になっていた。

少し前に、マリンちゃんは私に『昔出会った本物の聖女』さんのお話をしてくれたことがある。

その時のマリンちゃんはどこか寂しそうな瞳をしていたのだ。

私と出会ったことで、その聖女さんに会いたくなったんじゃないかな、って。

マリンちゃんは魔導師で三百歳。

見た目がこんなふうに若くて綺麗《きれい》なことからもわかるように、これまでも普通の人間とは違う時の流れの中で生きてきたお方だ。

きっと、これからもそうなのだと思う。

それを思うと、少しモヤモヤするのだ。

私はマリンちゃんが好き。

美人で妖艶でセクシーでいい匂い、なだけじゃなく、このおばあちゃまみたいに包み込むような優しさに安心するのだ。

「おばあちゃまかね」

「おねえさんでした」

思ってしまったことは隠せないけれど、目の前にいるのは間違いなくおねえさんです。

ごめんなさい。

マリンちゃんは、また優しく笑った。

「でも、その心配は心の中に留めておきな。アンタの周りには具体的に動いてくれようとする人間もいるからねえ。誰かに苦労をかけるのはアタシの趣味じゃないんだ」

「……はい」

そうだよね。きっとこんなこと、踏み込まれたくないはずで。

長い時間を生きるマリンちゃんのことが心配になってしまった私は、自分の無神経さを反省しながら皆のテーブルに戻ったのだった。

【第二章】

次の日。

朝のお祈りを終え、ソル殿下の執務室を訪問した私の前には久しぶりに見るお顔があった。

第一王子かつソル殿下のお兄様でもあるクリストファー殿下だ。

「セレナ嬢、変わりはないか」

「……変わっていたいところですが全く！」

「大丈夫だ。お前は……化粧が薄くてもそんなに悪くはない。むしろ良いかもしれない」

違うそういうことじゃないと思う。

私はただクリストファー殿下の変わった好みから外れた外見になりたいだけなんですけど。

あれ、この場合クリストファー殿下の目を治す方が早いのかな？

それとも『シェリル』の記憶を消すといい？

まぁ、どちらでもいっか！　ということで、クリストファー殿下を素通りして執務室に足を踏み入れると、なぜか彼もついてきた。

邪魔です、と言いたいけれどさすがに言えない。

『聖女』がエリカ様から私になった途端、クリストファー殿下は頻繁にソル殿下の執務室にやってくるようになった。

ソル殿下はそれをとても警戒されている。

ということで、今日も私の前に出てくださった。

「クリストファー殿下。セレナは僕の婚約者です。わざわざ会いにきていただく理由がありません」

「何を言っているんだ。聖女は次期王太子が世話するものと決まっているんだぞ」

「一体どこでそんな決まりができたのでしょうか？」

「うーん。私が知る限りずっとだな？」

俺様ソルならここで「そもそもあなたが次期王太子だと誰が決めたんだ？」とか言いそうだけれど、ソル殿下はそういうことは言わない。

私はソル殿下のそんなところがいいなぁと思う。

とにかく、クリストファー殿下の勘違いがすごい。聖女は自分が世話しなければいけないものだと思い込んでいるみたい。

だから、いつも私への贈り物としてお花かお茶かお菓子のどれかをお持ちになる。

それで物理的に手がふさがっているせいで、ぱったりお仕事を持ってこなくなってしまった。

そのおかげでソル殿下のところには別ルートでお仕事が回ってくるようになったようで、クラレンス様がとっても喜んでいた。

何でも、別ルートになると資料が行方不明になったりお仕事に邪魔が入ったりすることがないのだとか。

よかったですね！

そして、後継レースにおいてソル殿下の評価はどんどん上がっているということだった。

もしかして私、ソル殿下のお役に立てている……!?

考えていることが口に出ないよう細心の注意を払っている私に、クリストファー殿下は真剣な瞳を向けてきた。

「実は、セレナ嬢に謝らないといけないことがある」

「はい？」

ほぼ毎日会いにくることですかね、と首を傾げた私に告げられたのは、びっくりするような言葉だった。

「すまない。私のことは忘れてくれ」

ん？

意味がわからなくて目を瞬《しばたた》いた私にクリストファー殿下は続ける。

「セレナ嬢が私に特別な感情を持っていることは知っている」

「いいえ持っていませんが！」

ちょっと意味がわかりません！

けれど、クリストファー殿下は自信満々に続ける。

「何度ブローチを落としても拾ってくれるほど、私だけを見てくれているということもよく知っているよ」

「目の前に転がってきたブローチは拾うしかないと思います！」

「……セレナ嬢。見ての通り、私はエリカ一筋だ。辛いだろうが、どうか私のことは忘れてくれ」

「ええと、それはよかったです？　心置きなく忘れさせていただきますね？」

「次期王太子妃として、聖女として、国民に尽くそうとする姿も素晴らしいとは思っている。しかし、私にはどうしても忘れられない人がいるんだ」

あの、私の話を聞いてください！

本当に話が通じなくてびっくりです！

でも、私は無事にクリストファー殿下に振られたみたいです。

よかったのかな？

反論したい気持ちも少しあるけれど、せっかく振られたことだしこのままにしておこう。

そしてこの後はどうしよう、と周囲を見回すと、必死で笑いを堪えているクラレンス様と仏頂面のソル殿下が視界に映った。

お二人とも、まず助けてください……？

目を泳がせ、ぽかんと口を開けた私の前で、クリストファー殿下は小さな箱を取り出した。

紺色のベルベット生地で包まれたその箱が、ぱかっと開けられる。

中には指輪。

これはどなたのものでしょうか……？

「あのぅ、それは？」

恐る恐る聞くと、クリストファー殿下はポッと頬を赤らめた。

「婚約指輪だ」

「「…………」」

私とソル殿下とクラレンス様は不審な視線を向けるしかない。

このなんとも言えない空気に、さすがのクリストファー殿下も言葉が足りないことに気がついたみたいだった。

「ちちち違う！　これはエリカへのものだ！　数ヵ月前、バカンスで訪れた地でいい石を見つけていたんだ。職人に加工を頼んでいたものが出来上がってきたのだ」

「あっなるほど、そうなのですね！」

よかった、と私は思ったけれど、世間一般的にはよくないらしい。

ソル殿下が少し険しい顔でクリストファー殿下に視線を送る。

「……前の聖女、エリカ嬢はクリストファー殿下との婚約を解消したと言っていましたが」

「そんなの私は許していないぞ⁉　エリカが勝手に退いただけだ」

「確かにエリカ嬢は悪くありません。しかし彼女の父親、ファリントン侯は悪事を働きすぎました。その娘をそのまま元の地位におき続けるということが難しいのはエリカ嬢もわかっておいででしょう。そういったことを踏まえた結果です」

「ち、違う！　だから私は許していないと言っているだろう⁉」

「クリストファー殿下が許さないと仰っても、一般的に認められるべきことではありません。それではこの国の在り方が揺らいでしまう」

ついさっきまでのほほんと癒し系オーラを醸し出していたソル殿下に、真剣さが滲《にじ》んでいる。

少し前のこと。エリカ様のお父様――ファリントン侯はこのナーバナ王国の実権を握ることに必死になりすぎた。

私に薬を飲ませて傷つけようとしたという詳細は伏せられているけれど、一連の出来事が明るみに出て失脚したのだ。

それなのに、どうしてもエリカ様と結婚したいと仰るクリストファー殿下。

いつも穏やかなソル殿下も、さすがに厳しいお顔をしていらっしゃる。

クリストファー殿下はエリカ様のことが好きだから、とかでは片付けられない難しい問題なんだろうな。

というか、クリストファー殿下ってエリカ様が好きだったんですね？

あんなに『シェリル』を追いかけていたのは何⁉

「一時の気の迷いにしても、エリカ様の立場から見たらひどすぎませんか……？」

「いいえ、エリカ嬢もソル殿下の重たいファンでしたので」

「あ、そうでしたね」

クラレンス様の言葉に納得する。

そしてまた声に出てた。

はっ、と口を押さえた私はクリストファー殿下に向き直る。

「それで、クリストファー殿下は私に婚約指輪を見せびらかしにいらしたのですか？」

確かにとっても綺麗《きれい》ですね！

私の言葉に、クリストファー殿下は悲しそうに表情を歪《ゆが》ませた。

「私とエリカの間には確かに信頼関係があったはずなんだ。お互いよそ見をしてもまた戻って来られると」

「よそ見」

「もしくは第二夫人としてでもよかったはずだ」

「第二夫人」

思わず復唱しつつ、呆気《あっけ》に取られてしまう。

エリカ様、やっぱりこんな人やめた方がいいと思います！

私たちはいつの間にかすっかり仲良しになったのだ。

お茶の時間にだって招待してくださるし、昨日は『クラブ・ピンクトルマリン』へも行ったし、セクシーなお洋服をどこで買っているかも教えてくださった。

こんなひどいことを仰るクリストファー殿下とはこのままエリカ様は距離を置くべき。

そう、思ったのだけれど。

「こんなことになってしまったが、私はエリカを王太子妃にするつもりだった。しかし、この指輪が出来上がってきて……デザインやサイズ調整のために職人がエリカの部屋を訪ねたのだが……自分には不要だと繰り返すばかりだったらしい」

「もっともですね」

クラレンス様の相槌《あいづち》に、クリストファー殿下は泣きそうだった。

「ひどすぎないか⁉　将来を誓った仲だったのに、取り付くしまもなかったらしい。それで、指輪は私のところに戻ってきてしまった」

どっちもどっちですね！

エリカ様が今も王宮に部屋を持ち聖女のような活動をしているのは、ソル殿下やクリストファー殿下の働きかけの結果ではあったみたい。

けれど、『手厚く敬ってきた聖女、実は人違いでした』というわけにはいかない王家のプライドも影響していた。

お話が難しくなってきてキャパ超えしそうだったので、私は本題を促すことにする。

「それで、この婚約指輪をどうしたいのでしょうか？」

「セレナ嬢、お願いだ。これをエリカのところに持っていってほしいのだ」

「………」

絶対に嫌です！

反射的にクラレンス様に視線を移したけれど、思いっきり目を逸らされた。

あわててソル殿下の方を見る。

柔らかく優しく微笑んでいて、今にも『では僕が持っていきます』とでも言いそうな雰囲気！

そんなのもっとダメ！

エリカ様はソル殿下のファンなのだ。

別の人からの婚約指輪を手渡されることが良くないことぐらい、私にだってわかる。

私たちの駆け引きに気づくことがないクリストファー殿下は、一向に自分の世界から帰ってきてくれない。

「エリカは本当に優しい女だ。今回の件に関しても、誰を責めることもなく部屋に閉じこもってしまっている」

昨日、私たちと一緒にお出かけしましたけれどね！

「事が事だけに、友人を招いてやるのも難しくてな。元気づけてやりたいが、私では無理だろう」

クリストファー殿下はそう言うと、ソル殿下に視線をチラリと送る。

まるで、一肌脱いでほしいと言っているみたい。

そう思ったら、この前の俺様ソルとの話題が蘇《よみがえ》る。

あの日、俺様ソルは私の手を急に握った。

そして鷹揚に言ったのだ。

――面白そうだからヒントをやろう。お前、あっちの俺とエリカ嬢がこうやって歩いていたらどう思う？

って。

もちろんエリカ様が元気なのは知っているけれど、想像とはいえその場面を思い浮かべるのがものすごく嫌だった。

カツン。

ん？

廊下から足音が聞こえた気がして、私は振り返る。

「セレナ、どうかした？」

「いえ、誰かいたような気がして」

開きっぱなしだった執務室の扉から廊下を覗《のぞ》いてみたけれど、誰もいないみたいだった。

おかしいなと思ったけれど、とにかく、目の前の問題に意識を戻したい。

さっき反芻《はんすう》したばかりの私の不快な感情は、ちょうど目の前で間抜けなことを言っているクリストファー殿下に向いた。

「あのう！　クリストファー殿下！　第二夫人や妾《めかけ》の存在が認められているのは王族だけですからね？　たしかに、エリカ様もソル殿下の大ファンでしたのであまり強くは言えませんが！　婚約指輪を他人に持って行かせるなんて、あまりにも軽すぎです！」

「しかし、エリカは私に会ってくれないのだ」

「あたりまえです。問題は、お父様が王宮を追われたことだけじゃないと思います！　エリカ様、『シェリル』が私だとご存じでしたよ？　殿下が毎日ここに来ているのも耳に入っているはずです！」

「⁉　エリカが⁉」

　クリストファー殿下は、私に付きまとっていることがエリカ様にバレていないと本気で思っていたみたい。

　目を白黒させている。

　付きまとわれるエリカ様のためにもここはしっかりお話をと思ったけれど、あまり怒り慣れていない私はどう伝えたらいいのかわからない。

　すると、静かに話を聞いていたソル殿下が間に入ってくださった。

「確かに、エリカ嬢はクリストファー殿下が『シェリル』ではなく『セレナ』に夢中だとわかっている様子でした。そのうえで立ち回りを選んでいると思った方がいいでしょう」

「つまり、それは……」

クリストファー殿下の顔色が絶望へと変わる。

しっかりきっちり、自分が振られているのだと理解したみたい。

かわいそうだけど、諦めた方がいいと思います！

「ちゃんと謝ったうえで諦めてください？」

「と、とりあえず今日は帰る。セレナ嬢、また」

もう来ていただかなくても大丈夫です。

急にしどろもどろになってしまったクリストファー殿下は、背中に哀愁を漂わせてソル殿下の執務室から出て行ってしまった。

……大丈夫かな。

クリストファー殿下を見送った後で、クラレンス様がさらりと仰った。

「少し前までは王太子候補——次期王位継承者はクリストファー殿下が最有力と見られていました。しかし、今は全く状況が違います」

「そうだね。『その後』を見据えて立ち回れ、なんて声もある」

そう答えたソル殿下の声色は暗い。

クリストファー殿下も厳しい立場にいらっしゃるんだろうな。

私は、クリストファー殿下がソル殿下に意地悪をしているところをたくさん見てきた。

婚約者の私だって、ちょっときつく当たられたことも……ある。

だけど、不幸になればいいだなんて全然思えない。

『シェリル』のことを忘れて振ってくれたのだから、もうそれでいい。

私はソル殿下に聞いてみる。

「今のお話を聞いていると、クリストファー殿下はエリカ様のことが本当にお好きなのですよねえ？」

「そうみたいだね」

「ではどうして大事にしなかったんでしょうか」

「さっきセレナがした第二夫人の話じゃないけど、王位継承者には後継を作るために側室が認められているだろう？　クリストファーは子どもの頃から自分が次期王太子だと教え込まれて育ってきた。だから、複数の妻を持つことが当然だと思い込んでいたんだろうね」

「………………」

昨日、『クラブ・ピンクトルマリン』でいきなり『ソーちゃん』を使いこなしたエリカ様のことを思い出す。

きちんとお妃教育を受けて、しかも頭の回転も速いエリカ様。

私がお庭で木登りをしたり森を駆け回ったり少女小説を読んだりしている間も、エリカ様はきっとすごく努力してきたんだろうな。

エリカ様のことだから、そういうこともきっとよくわかっているはず。

なんだか、悲しい……と思いながら私は気がついた。

ん。王位継承者には側室が認められている？

つまり、国を変えるために次期王太子になることを決意したソル殿下も同じ運命を辿《たど》るっていうことなの……？

そういえば、『ざまぁ』を頼まれたての頃、私はソル殿下が後宮を作って恥ずかしい情報が筒抜けになるっていう『ざまぁ』を考えたような。

これは、クラレンス様に品がないと却下された案だった。

あの時は何も感じなかったけれど、今はすごくもやもやする。

もしかしてこれってやきもちというものでしょうか？

自分にびっくりしてしまった私は、努めて冷静に状況の判断を試みる。

この前アリエル様に教えていただいたところでは、お隣のモンレール王国では王妃様が六人もいらっしゃったような。

イメージしてみる。

キラッキラのソル殿下の隣に、マリンちゃんみたいな美女。

その反対に、エリカ様みたいな美女。

そのお向かいでソル殿下の視線を独り占めする、アリエル様みたいな美女。

あれ？　三人しか出てきていないのにもう私の居場所がない！

ソル殿下が遠い……。

急に虚ろな目をした私を、ソル殿下は心配してくださる。

「……セレナ？　どうしたの？」

「いいえ！　なんでもありません！」

「何だか顔色が悪いみたいだ」

ソル殿下の手が私の頬に伸びた。

えっ！

びっくりして固まってしまう。

心臓がドキドキして呼吸が止まりそう。

これまでもこんなことは何度もあったのに、どうして！

「ほ、本当に大丈夫です！」

一歩後ずさったものの、ソル殿下は本当に心配しているみたいで、紺碧《こんぺき》の瞳には心配の色が浮かんでいる。

どうしよう。本当にちょっとこれ以上は無理！

心の声がそのまま出ないよう口を押さえて逃げ出しかけたところで、急にソル殿下は顔を顰《しか》めた。

「うっ……」

「ど、どうしたんですか⁉」

「これは、俺様のソル殿下が出ていらっしゃいますね」

憧れの上司を待つクラレンス様が瞳を輝かせる。

えっ？　いつもこんなに急に交代しているの⁉

クラレンス様のお顔を見て、ソル殿下の方に視線を戻す。

ついさっきまで優しげだった眼差しは鋭く自信に満ちたものになっていた。

あわあわと情けない顔をした私と目が合うと、俺様ソルは口の端を上げてニヤリと笑う。

「――お、土色の顔をして逃げ帰るのか」

ソル殿下のものよりも少し低く感じる声色に、ちょっとだけ安心する。

違う。べつに、俺様ソルの方が好きというわけではない。

だって、俺様ソルならドキドキしないんだもの……！

「いま、俺様ソルが出てきてくれてよかったです」

「？　そうだったのか？　全くの偶然なんだが」

「偶然って素晴らしいですね。そうじゃないと私、感情をコントロールできなかった可能性が！」

いつの間にか執務机に行き、私にはあまり興味がなさそうに書類を確認している俺様ソルだったけれど、こちらへ視線を送るとふっと笑った。

「お前、泣いてるぞ」

「え」

自分の頬に手を当ててみる。

冷たい涙に触れて、びっくりした。

あれ。私はどうして泣いているの。

ただソル殿下が私以外にたくさんのお妃候補をそばに置いたら、って考えただけなのに……。

「やっと気づいたか。あのクリストファーもたまにはいい仕事するな」

「わ、私」

「お前は一体いつまで鈍感でいるつもりなのかと思っていた」

俺様ソルはそう言うと、私の涙をゴシゴシ拭いてくれる。

ハンカチとかじゃなく着ているシャツの袖で。

そばで見ているクラレンス様から『あ～あ』という声が漏れ聞こえた。

い、痛いです……！

「今日は『クラブ・ピンクトルマリン』に行くか」

「ずびっ。え？　昨日行ったばかりですよ？」

「俺は行ってない」

確かにそうだけれど。

もしかして、俺様ソルもきな臭い内政事情の調査をしたいのかな。

くるくると変わる話題に、私はだんだん冷静さを取り戻していく。

「俺が消えるまでそんなに時間がない。どうせなら、俺を外に出した魔導師と話がしてみたい」

「……かしこまりました？」

どうやら、俺様ソルの目的はちょっと違うみたいだった。

とにかく二日連続の『クラブ・ピンクトルマリン』！

意味不明な私の涙はあっという間に乾いたのだった。

◇◇◇

「今日も来るなんて、アンタたちは本当にここが好きなんだね」

「ハイ！」「コトン」

私の返事に、アイスココアを置く音がぴったり重なった。

もうその辺は気にしないでおこうと思います。

いただきます！

開き直ってありがたくココアをごくごく飲み始めると、マリンちゃんが葉巻に火をつけた。

「で、アタシに用事があるのは王子様のほうだねぇ。どんな用かい」

「……もうそろそろだからな。その前に一度、俺を創った魔道師と話してみたいと思っていた」

「そうだねえ。アンタにはいろいろ考えるところがあるのかもしれないね」

マリンちゃんはいつも私の頭の中を読んでいるのに、俺様ソルが考えていることは細かくはわからないみたい。不思議。

「この二人目の王子様は曲者だからねえ。お坊ちゃんお嬢ちゃんみたいなアンタたちとは違うのさ」

「へえ。すごいですね！」

「お前、いま遠回しにバカって言われたのに気がついてないのか？」

「⁉　マリンちゃんがそんなことを言うはずないですよ⁉」

今日案内されたのは、昨日途中から座っていたのと同じカウンター席。

マリンちゃんはカウンターの向こうでセクシーに煙を吐いている。

急な訪問だったのに、マリンちゃんはいつも通り私たちを迎え入れてくれた。

そして、やっぱりテーブルの上には私と俺様ソル分のコースターとランチョンマットが揃《そろ》えられていた。

子ども扱いがすぎませんか……？

周囲をキョロキョロと見回す私を気にかけることなく、マリンちゃんと俺様ソルの会話は進んでいく。

「今、俺は一日の半分以上を外で過ごしている。意識がない間はあっちとやりとりすることもあるが、かなり俺の方の人格主体で進んでいる感じがあるな」

「そうかい。じゃあ、もうまもなく……そう遠くない未来だね」

「ああ。それまでにいろいろと後片付けをしておきたいと思っているところだ」

コトン。

二人が何の話をしているのかなんとなく理解した私はアイスココアのグラスを置いた。

そっか。俺様ソルと一緒に過ごせる時間は残り少ないみたい。

ソル殿下が本来の姿に戻れる日が来るのは本当に喜ばしいことだけれど、やっぱり寂しいな。

消えないでと口に出したいけれど、きっとそれは無神経な願いで。

私は努めて表情を変えないようにしながら、アイスココアをまた飲む。

「あの樹に実が生《な》る日の直前、アンタが外に出ていられる時間は最も長くなる。何かしておきたいことがあるのなら、急いで片付けたほうがいいね」

「今日はそのつもりでここに来た。ここには残してはいけない人間がいると思った」

残してはいけない人間？

てっきり、俺様ソルが今日ここに来たのはナーバナ王国のあれこれに関わるものだと思っていたけれど、もしかして違うの……？

思いっきり首を傾げる私をおいて、マリンちゃんと俺様ソルの会話は進んでいく。

「俺は、ある高名な魔導師のことが気になっている」

「なるほどね」

俺様ソルの言葉に、マリンちゃんは妖艶に微笑んだ。

葉巻の先から煙がゆらゆらと流れていく。

いつものマリンちゃんだけれど、なぜか少し寂しそうに見えるような……。

「彼女の年齢は三百歳を超えているというが、二十代の姿のまま時間が止まっているらしい。元々は魔女だったが、魔導師になったことで歳をとらなくなったようだ」

「魔導師は特別な存在だからねえ。聖女と同じで選ばれた人間しかなれないんだよ。魔導師の役割を考えると、自分に適性があると言われたら断るわけにいかないだろう？」

「時を動かすにはどうやって？」

「そうだねえ」

俺様ソルとマリンちゃんが話している、この『残していけない人間』って、もしかしてマリンちゃんのこと……？

マリンちゃんはぽかんと口を開けた私の方を向く。

「アタシがこの姿で三百歳まで生きているのは、運命みたいなものさ。――最初に出会った聖女の名前は、エルヴィと言ったね。彼女はアタシと本当に同じ年齢で、強く精霊に愛されていた。一緒に学校にも通ったし、親友だった」

「マリンちゃんと同じ年齢の聖女さんがいらっしゃったのですね」

「ああ。エルヴィは子爵家の御令嬢でね。彼女のおかげで領地は豊かだったし、聖女になってからは国も豊かになった。まるで、精霊たちが競ってエルヴィを助けているみたいだったよ。なんだか、アンタに似ているねえ」

「……もしかして、だから私に優しくしてくださるのですか？」

問いかけると、マリンちゃんはふっと笑う。

思い出話をするマリンちゃんはどこか切なげだ。

マリンちゃんが今お話ししているエルヴィさんという聖女は、きっと本物の聖女だったのだろう。

「大人になった後も、協力して国を助けたりして楽しかったね」

「本当に仲良しだったのですね」

「そうだねえ。……ただ、アタシは魔女から魔導師になった。魔導師になる儀式を終えると、その人間の時は止まる。さすがに不死っていうわけではないけど、その日からアタシはエルヴィとは違う時間を歩み始めたんだ」

「それで、エルヴィさんは……」

「当然、アタシが歳をとらずにいる間も、彼女は歳を重ねていった。そして、新しい聖女が生まれ、数年後にエルヴィは天寿を全うした」

「「…………」」

私と俺様ソルは無言で顔を見合わせた。

このお店では、たくさんのお客さんたちが会話を楽しんでいる。

着飾ったお客さんとキャスト、色とりどりの灯りに照らされた店内はとてもムーディーで煌《きら》びやか。

マリンちゃんの話も、華やかなこの『クラブ・ピンクトルマリン』も私にはまるで別世界みたい。

「マリンちゃんはいつも『あんたたちはひよっこみたいなものさ』と仰っていますが、そういうことだったのですね。私、ただ年齢のことを仰っているのかと思っていました」

「そうだねえ。アタシにも昔は同じ歳の友人がいて、アンタたちみたいに困ったり助け合ったりしていた頃があったんだよ。久しぶりの本物の聖女ちゃんに会ったら、他人とは思えなくてねえ。魔導師になるときに覚悟はしていたよ。エルヴィはもちろん、皆に置いて行かれると。ただ、ここまで寿命がこないとはねえ」

マリンちゃんはフフッと笑う。

そうして私の顔を覗き込むと、キッチンのカウンターから見覚えのあるビスケットを出してくれた。

ほっこりする、なつかしくて甘い匂い。

これ、私がこの前『クラブ・ピンクトルマリン』に来た時に思い浮かべていた、領地のおばあちゃまがよく買ってくれるビスケットと同じもの……！

「マリンちゃん、ありがとうございます」

ビスケットとココア。

どこまでも子ども扱いだけれど、ちょっとうれしい。

マリンちゃんはそんなことを考えていたんだ。

私に向かってマリンちゃんはとっても妖艶に微笑んだけれど、やっぱりおばあちゃまを思い出した。

「……おばあちゃまかね？」

「おねえさんでした」

えへへ、と笑い合うと、俺様ソルが口を開く。

「俺は、その高名な魔導師が時を進めることを希望しているのだと思っているのだが。……違うか？」

「ああ。そうだねえ。でも少し難しいかもしれないねえ」

「？　どうしてですか？　魔導師をやめればいいのでは？」

私の問いかけに、マリンちゃんはゆっくりと首を振った。

「一度魔導師になると、時を進めるのはそう簡単なことじゃないんだよ。このクラブや一階の薬屋だけなら店じまいしてしまえばいいが、アタシが普通に歳をとるのは不可能に近いね」

「そんな……」

そうなんだ。

がっかりした私だったけれど、俺様ソルはそうでもなかったみたい。

無造作に身につけていたネックレスを外すと、カウンターに置いた。

「ではこれを返そう」

「ん？　これって」

私は俺様ソルとネックレスを交互に繰り返し見る。

チェーンに付いているのは、透き通った薄い青色の石。

それは、マリンちゃんが作り、幼いソル殿下に託した、その人の能力を調節する力がある特別なネックレスだった。

ついこの前まで、本物の聖女だということを隠したい私を守ってくれていたものでもある。

マリンちゃんは困ったような顔をしてそのネックレスを見つめている。

え、これは私たちだけじゃなくマリンちゃんにとっても何か意味があるものなの……？

私の疑問に答えてくれたのは俺様ソルだった。

「このネックレスに使われている石は希少鉱石だな。それも、聖女が血眼《ちまなこ》になって探しても見つからないレベルのものだ」

そういえば、図書館でアリエル様にお会いした時、この石を見て驚かれていたような？

なんだか特別なものだと言っていた気がする。

マリンちゃんが魔法をかけたからすごい効果があるんだと思っていたけど、石自体も貴重なものだったなんて！

カウンターに置かれたネックレスを見つめていると、マリンちゃんが教えてくれた。

「この石は、世界に一つしか存在しないようになっているんだよ。そういう、特別な石だ」

「一つしか存在しない、ってどういうことですか？　じゃあ、この石を壊して消しちゃったらもう同じネックレスは作れないんですか？」

「違うね。仮にこの石が破壊され、消えてなくなればまた世界のどこかに石が生まれる」

「すごい！　ファンタジーみたいですね！」

「ふふふ。この石は、エルヴィが探してきてくれたものさ。一人で生きていくアタシが、困ったときに使えるように、ってね」

それってどんなとき？

首を傾げた私に、マリンちゃんは茶目っ気たっぷりに微笑む。

「この石はあらゆる魔法道具の元手になれる。言い方は大袈裟《おおげさ》かもしれないが、世界を救うきっかけにだってなれるんだよ」

「そ、そんなにすごいものだったなんて！」

「エルヴィにこの石をもらって以来、使う機会はなかったんだがね。最近、腐敗した状況が続くこの国を救う王子と聖女の姿が見えたときに使ってもいいかなと思ったんだよ。アタシだって、エルヴィや自分が若かった頃の国の在り方をなつかしく思うこともあったからねえ」

「じゃあ、ソル殿下が次の国王になってマリンちゃんの時が動き出せば、一石二鳥っていうことですね！」

なるほど！　よかった！

マリンちゃんが不可能だなんていうから、無理なのかと思いました！

「——この石を使ってあなたの時を動かす実を育てる。そうしても、今のこの国にはコイツがいる。その気になれば、もう一度この石を探して来られるだろう」

俺様ソルにポンと頭を撫《な》でられた……と思ったらそのままのしかかってくる。

お、重い！　重いです！

でもわかった。

いつも助けになってくれるマリンちゃんのために私にもできることがあるって。

「私、マリンちゃんがこの石を使ったら、すぐにどこかに探しに行きます！　そうすればマリンちゃんは安心してこの石を使えますよね？　私、探しものは得意なんです」

「そうかい。……そうだね。聖女試験で二人が出会うこと。二人が婚約を交わすこと。王子様と聖女様がこの店に来ること。本当の聖女が認められて、そして国を救う。まさか、ここまできれいに全部の線が繋《つな》がって上手くいくとはねえ。こんな風に、この石が手元に戻ってきたことだけは予想外だったけどね」

「はい！　マリンちゃんにもらった種を育てたらお部屋に大きな樹が育ちましたし！　本当の聖女になれたし国も救ったし、きっと石だって見つけられますから！」

がたんと立ち上がった私に、俺様ソルが苦笑している。

「国を救う、はまだなんじゃないか？」

「確かにそうでした！」

ちょっと気が早かった。

えへへ、と愛想笑いでごまかすと、マリンちゃんは少しだけ遠い目をしていた。

「マリンちゃん？」

声をかけた瞬間、マリンちゃんの瞳に光が戻る。

「ああ、悪いねぇ。少しぼーっとしていたよ。……大丈夫、全部うまくいくさ」

未来が見えるというマリンちゃん。

もしかして、今何かが見えたのかな。

うっかり少し先のことを考えて悲しくなった私は聞いてみる。

「あの、俺様ソルをこのままにしておくことは本当にできないんでしょうか？　今のところは三つめの実が生《な》ってても無視してそっとしておいて、またいつか新しい種を育てるのはだめ……？」

「この呪いはね、同じ樹から取れる実をすべて食べることで解けるんだ。残念だけど、ほかの実が交ざっては効果がない。つまり、チャンスは一度しかないんだよ」

「そうですかぁ」

ひょっとしたら、と思ったけれど、残念。

「でも、大丈夫。アタシには見えているよ。幸せな未来がね」

「だそうだ。俺のことは心配するな」

沈んだ顔をしていたのを俺様ソルに見抜かれて、片手で両頬を挟まれた。

「ひはいへふ」

「ははは。お前、面白い顔してるな」

「ほるほへひへふほ⁉」

面白い顔、って言われても、全部俺様ソルのせいなのに！

でも、ソルもマリンちゃんも楽しそうに笑っている。

『クラブ・ピンクトルマリン』での時間を楽しみながら、私は思う。

――もしかして、マリンちゃんはこの石を安心して使える『本当の聖女がいる時代』と、自分のために使え、と背中を押してくれる人が同時に揃うのを待っていたのかもしれない、って。

■夢の中の真実（ソルside）

その日の夜。

白いもやがかかった意識の中で、ソルはもうすぐ消えるもう一人の自分に話しかけた。

「今日も『クラブ・ピンクトルマリン』に行ったんだ？」

「ああ。俺が消えるまでの間にあの魔導師を救えそうだ」

「……セレナと一緒に石を探しに行くの？」

「お前が外にいなけりゃそうだろうな。俺だってお前に行かせてやりたいが、最近は入れ替わりのタイミングを調整しにくくなっている。おそらく、石を探しに行く時も無理だろう」

「だろうね」

残念な思いを抱えつつも、それでいいのかもしれないと思う。

（セレナは『俺様ソル』とすごく仲良くなっている。少しでも一緒に過ごした思い出を作ってあげるべきなのかもしれない）

セレナに俺様ソルと呼ばれるもう一人の自分は、あっけらかんとしている。

自分がこの世界から消える話をしているというのに、ニヤリと笑った。

「まぁ、俺が消えた後、二人で過ごす時間はいくらだってあるだろう。問題はないさ」

「そうだね。セレナが僕を特別だと思ってくれているらしいこともわかってきたし、今回は目を瞑《つぶ》るよ」

「それよりもお前、ここでアイツのことを見ているとまだ言っていないのか。意外と悪趣味だな」

「うん。やっぱり悪くないね。セレナには申し訳ないけど、俺様ソルに恋愛の相談をしているところを見るのはこの上なく幸せだよ」

　正直に微笑めば、もう一人の自分はふっと余裕に満ちた笑みを見せた。

「お前はやっぱり俺だな」

「ああ。だから、セレナに特別な感情を持つのはやめてほしいな？」

「俺が、あの子どもにか？　冗談だろう」

「……そうだね」

　白いもやの中に金色の光が交じり始める。

　朝はもうすぐだった。

【第三章】

「おはようございます！　ソル殿下、クラレンス様！」

次の日、地図を片手にソル殿下の執務室を訪れた私に、クラレンス様がひんやりとした笑みを向けてくる。

「セレナ嬢。またそんなものを持ってきて、一体何をするおつもりですか」

「えへへ。精霊さんとお話ししてみようかと」

へらりと笑ってみれば、クラレンス様のひんやりとした笑みは呆《あき》れたものに変わる。

うん、いつもの執務室の光景です！

ソル殿下はニコニコ話しかけてくる。

「そうか。それを使って探し物を？」

「はい！」

ってどうしてこのことを知っているのかな。

昨日『クラブ・ピンクトルマリン』に行ったのは俺様ソルだし、そこでどんな話をしたのかソル殿下とクラレンス様にはまだお話ししていないはずなのに！

まあいっか！　深く考えてもわからないものはわからないよね！

いつも通り、あまり深く考えないことにした私は地図を広げた。

「昨日、マリンちゃんのところに行ってお話ししてきたんです！」

「何をですか。嫌な予感しかしないんですが」

顔を引きつらせたクラレンス様と、その向こうでニコニコ微笑んでいらっしゃるソル殿下。

二人に向けて、私は得意げに言い放った。

「これは、ソル殿下に『ざまぁ』を頼まれて以来の一大プロジェクトです！　マリンちゃんを救うんです！」

「マリンさんを救う、ってあのお方は魔導師ですよね。セレナ嬢が助けられることはあっても救えることはないのでは」

「そ、それがあるんですよ！」

確かにクラレンス様は鋭い！　でも、と慌てた私をソル殿下が助けてくださる。

「クラレンス。セレナは聖女だよ。魔導師だけでなく、国も救える存在だ」

「そうでしたね、セレナ嬢のお力を忘れておりました」

まぁ、普段の行いに問題がありますもんね。

なんかごめんなさい、と思う私の目の前にはナーバナ王国の地図が広げられている。

真ん中にはこの王城と王都の街が書いてあって、そこを中心として各地の様子が書いてある。

オルレアン伯爵領やルーベルツ城も記されている、本格的な地図です！

「マリンちゃんは三百歳なのに見た目が二十代の美女のまま止まっています。その時を動かすためにはあのネックレスが必要みたいなんです。ただ、希少鉱石の行方がわからなくなっては大変です。マリンちゃんが心配しないように、石を探しに行く必要があるんです」

「ソル殿下。セレナ嬢が何を言っているのかさっぱりわかりません」

ですよね。

昨日、『クラブ・ピンクトルマリン』でその話を聞いてきたのは私だけ。

どう説明しよう？　と思ったけれど、なぜかソル殿下はわかってくれた。

「セレナ、僕にはよくわかったよ。マリンちゃんがあの石を使ったら、世界のどこかに同じ石がまた生まれるってことだよね？」

「そうなんです。その石は精霊から特別に好かれる聖女じゃないと見つけられないそうで」

「それでセレナの出番、ってこと？」

「はい！」

昨日、マリンちゃんは私たちの目の前であの石を砕いた。

粉々になった石は、マリンちゃんが操る魔法によって新しい種に生まれ変わり、土の中に植えられた。

実が生《な》るのはまだ先だと言っていたけれど、消えた石の方はもうこの世界のどこかに存在しているんだもの。

早めに見つけた方がいい気がする。

ということで、私は地図に向き直り聞いてみる。

「地図さん、あの碧《あお》い石はどこにありますか？　教えてください！」

「セレナ嬢、地図に話しかけるって本気ですか？　地図はしゃべりません。いくらなんでもそんなことで見つかるはずが……」

地図が光り出したのは、クラレンス様の呆れたような言葉とほぼ同時だった。

さっきまでただの紙でしかなかった地図の一部、王都から少し離れた街の一部分が碧く光っている。

自分で聞いたものの、まさかこんなことになるなんて思っていなかった私は目を丸くする。

「ソル殿下、クラレンス様、なんですかこれ！」

それはまるで、あのネックレスの石の光にそっくりで。

もしかして、ここにあの石があるってこと……⁉

ソル殿下も地図を覗《のぞ》き込んでくる。

「ここはベリムーズの街だね。光っているということは、何か手掛かりがあるんだろう、さすがセレナだね。王都からそう遠くはないし、すぐにでも行けそうだ」

「では私は今からここに行ってきますね！」

行き先がわかればすぐにでも行動、と思ったのだけれど、意外なことに、ソル殿下は、

「うーん。できれば僕かあっちの僕も一緒に行きたいから、次のお休みまで待ってもらってもいい？」

「？　私一人でも大丈夫です！　ソル殿下はクラレンス様と執務を！」

「この街は少し特別な街なんだよ。それに、最近はきな臭い動きがある。だから、セレナには僕のそばを離れてほしくないんだ」

「！」

　隣で並んで地図を覗き込んでいたソル殿下に耳元で囁《ささや》かれて、私は息を呑《の》んだ。

　ソル殿下にとってはいつものことかもしれないけれど、距離が急に近くに感じて、ドキドキします……！

　……あれ。

　すっかり忘れていたけれど、私は昨日、ソル殿下と俺様ソルが入れ替わる直前ちょっと様子がおかしくなかったっけ。

　たしか、あのとき私は、ソル殿下が王太子に選ばれて後宮ができることを想像した気がする。

　マリンちゃんみたいな美女とエリカ様みたいな完璧すぎる美女に囲まれて、遠くに行ってしまうソル殿下。

　その姿を思い浮かべて、ちょっと悲しくなって、結局最後には泣いた、ような。

　うん、泣きましたね。

――私はどうして忘れていたの⁉

自分の失態を思い出した私は、あわてて顔を両手で隠す。

うん、頬が熱いです！

能天気に忘れていなければ、今日ここに来られなかった気がします。

大体のことをすぐに忘れられる私ってすごくないですか？

そんなことを思いながら視線を斜め上に移すと、楽しそうに微笑んでいらっしゃるソル殿下のお顔があった。

「セレナ、どうかした？」

「いいえ、なんでもありませぇん」

恥ずかしくて消えてしまいたいけれど、このソル殿下は私の顔色が土色になったところまでしか見ていないはず。

オッケー、それなら問題なし！

ソル殿下の記憶にあるのは、急に土色の顔をして心配される私の姿だけ！

大丈夫大丈夫！

あっさりと気持ちを入れ替えて、私は平静を装いつつ地図をくるくると丸める。

「わ、わかりました！　ではベリムーズの街に行くのはソル殿下が一緒のときにします」

「うん。そうしてもらえると助かるよ。あと、セレナに相談に乗ってほしいって言っている人がいるんだ」

「私に、相談に乗ってほしい人？」

「そう。ちょっとしつこくて、あっちの僕が消してしまいそうだから先に話を聞いてもらってもいいかな？」

思いがけない相談に私は目をぱちぱちと瞬《しばたた》いた。

そんなの、ソル殿下に『ざまぁ』を頼まれた以来では？

マリンちゃんのお役に立てそうなことに加えて、人から相談を受けるという王都ではめったにない状況に、私のオルレアン伯爵家の血が騒ぎます……！


と思ったけれど、数分後に顔を覗かせたのはいつもの人だった。

「やあ、セレナ嬢。元気かな」

「げ」

しまった声に出てた、と思ったけれどもう遅い。

花束を抱えたクリストファー殿下は目を丸くした。

「〝げ〟⁉」

「いえ元気ですって言おうと思ったんです！　こんにちは、クリストファー殿下」

「こっぴどい振り方をしたというのに……セレナ嬢は健気だな。元気そうで安心したよ」

「あっはい、まあ」

私、クリストファー殿下にこっぴどい振られ方をしましたっけ？

でも、面倒そうなので詳しくは聞かないでおこうと思います！

「今日きたのはエリカのことでなんだ」

「そのことですか！　エリカ様に婚約指輪は渡せましたか？」

「いいや。ただ、頑なに会ってくれなかったのが、今度お茶に招いてくれることになったんだ」

「よかったですね！」

「そこでなんとかエリカの気を引きたい。何かいい案はないだろうか」

「いい案？」

首を傾げた私に、クラレンス様が小声で囁いてくる。

「クリストファー殿下は性格がイマイチで、気軽に話せる関係のご令嬢はいらっしゃいませんから。どうしてもセレナ嬢の意見がほしいのでしょうね」

「あーなるほどなるほど」

性格がイマイチ、からの逆転かぁ。

結構厳しいところにいらっしゃる。うーん。

いつも通りお話ししてはエリカ様からの好感度は上がらないだろうし、いきなり指輪を渡してもきっとびっくりしてしまうだろうし。

そうなると……。

あ、そうだ！

私はぴこんと閃《ひらめ》いた。

「これは……『ざまぁ』で同情を引く作戦がいいのではないでしょうか⁉」

久しぶりにその言葉を発した私に、クリストファー殿下は眉間に皺《しわ》を寄せて首を傾げ、クラレンス様は顔を引き攣《つ》らせてため息をつき、ソル殿下はふっと笑ってくれた。

◇◇◇

「いいですか！　さっきお話しした通りに立ち回ってくださいね⁉」

「あ。ああ。本当にこれでうまく行くんだろうな」

エリカ様のお部屋の前、こそこそと話し合う私とクリストファー殿下に、クラレンス様が後ろから冷たく言い放つ。

「普通に考えたらうまく行くはずがないと思いますけど頭大丈夫ですか」

「いいえ、絶対に成功させてみせますから！」

オルレアン伯爵家の一員として、誰かに頼られたら精一杯応えないと！

気合を入れた私だけれど、ソル殿下は楽しそうにしていらっしゃる。

「セレナが考えることは面白いね。『ざまぁ』で好感度を上げようだなんて」

「はい！　人は陥れられたり虐げられたりしている人のことを助けたいと思うはずなんです。エリカ様はずっと聖女としてお過ごしだった慈悲深い方です。きっと、『ざまぁ』されたクリストファー殿下を見たら同情するのではと！」

自信満々に答えると、クラレンス様が呆れたようにため息をついた。

「私なら自業自得だろって思いますけどねぇ」

「クラレンス様⁉」「おいクラレンス⁉」

私とクリストファー殿下の叫び声が同時に被る。

この方と気が合う日が来るなんて思わなかったです。

「うーんそれはどうかな」

「ソル殿下まで⁉」

「あ、ごめん。でも僕たちはエリカ嬢が情に厚くて自己犠牲的、というのとは全く正反対の印象をもっているから」

ソル殿下の言葉に、クラレンス様が頷《うなず》いた。

「ソル殿下のおっしゃる通りです。まぁ、そこが王太子妃にふさわしいところでもあったと思うのですが」

「…………」

そんな気がしてきた。

でももう引き下がるわけにはいきません。

私が考えた作戦はこう。

エリカ様を訪問して、クリストファー殿下の悪い評判をお話しまくるのだ。

「セレナ嬢」

ストーカー被害とか理不尽に左遷されそうになったとかあることないことを吹き込んだところで、
俺様ソルになりきったソル殿下が登場！

「セ、セレナ嬢」

なぜかクリストファー殿下が肩を叩《たた》いてくるけれど、私は作戦を反芻《はんすう》する。

続きは……えーと、そう。

あの冷酷でかっこいい視線で厳しくクリストファー殿下を糾弾！

確かにその通りだけどちょっとやりすぎでは？　という雰囲気になったところで私たちはささっと退場。

傷ついたクリストファー殿下にエリカ様が救いの手を差し伸べてくれるはず……！

「うん、きっとうまくいくはずです！」

「ストーカー被害もルーベルツ城への理不尽な左遷も本当のことでしょう？　クリストファー殿下

の自業自得だと思いますけれど」

「えっ」「エリカ！」

クリストファー殿下と、二回も気が合ってしまった。

ハッと我にかえり、私たちが同時に振り向いた先には、美しくひんやりと微笑むエリカ様がいらっしゃったのだった。

「あなたたち。私の部屋の前で何をしているのかしら？」

「ええっと、エリカ様にご相談があるんです！」

「相談？　そこにいる私の元婚約者に関してですわね。セレナ様につきまといソル殿下を辺境の地へ追いやろうとしたこと、私としても申し訳なく心苦しく思っていますわ」

「どうして先回りを⁉」

慌て出した私に、クラレンス様がぼそっとつぶやく。

「エリカ嬢がクリストファー殿下を糾弾する流れになってますけど大丈夫ですか」

本当にそれ！　どうして⁉

訳がわからないでいると、エリカ様は申し訳なさそうな笑みを浮かべた。

「だって、セレナ様。私が考えた作戦はこう、から全部聞こえてますわ」

「えっ」

作戦を心の中で反芻したつもりが、うっかり全部喋《しゃべ》っていたみたい。

頼み事をされてうれしくて、ちょっと気合を入れすぎました……！


ということで、予定は変更になってしまった。

私たちはエリカ様のお部屋に案内されて、お茶を淹《い》れてもらい真正面から向き合うことに。

エリカ様はいつも通り上品に紅茶を飲むと、つんとして言い放つ。

「ちょうどいい機会ですからはっきりと申し上げておきます。私はクリストファー殿下とよりを戻す気はありません。それに、私がここにいるのも一時的なものですわ」

エリカ様の言葉に、クリストファー殿下は真っ青になる。

「一時的、とはどういうことだ、エリカ……」

「私はまもなく修道院に入ります。今は王宮においていただいていますが、父がしたことは重罪です。いくら知らなかったとはいえ、私も関与しました。自分の行いを反省し、人生をかけて罪を償ってまいります」

「修道院!?　そんっ……」

「そんな！」

泣き出しそうなクリストファー殿下よりも先に私は立ち上がった。

右隣のソル殿下は戸惑い、左隣のクラレンス様は「ちょっと」と言っているけれど気にしない。

だって、エリカ様がここからいなくなってしまうなんて！

「エリカ様は悪くないです！　だって結局は私を庇《かば》ってくださったじゃないですか！　せっかく仲良くなれたのに、そんなの嫌です」

「セレナ様。短い間ですが、仲良くしていただいてありがとうございました。奇妙なレストランへ一緒に連れて行ってもらったり、お茶をご一緒したり。楽しかったですわ。それに定期的にソル殿下のお顔も拝ませていただいて……。とても目の保養になり元気になりました」

お淑《しと》やかに微笑むエリカ様のお顔には、動揺している様子がまったく見えない。

こんなときでも、ここまでエリカ様が過ごしてきた人生のことが思い浮かんでしまう。

お妃教育を受けて、未来の王妃様として歩んできたことが。

私に遅れて、クリストファー殿下も立ち上がる。

そうして、びしっとソル殿下のことを指差した。

「それなら、こっ……ここにはコイツがいるだろう⁉　修道院になんて行ったら、エリカが大好きなコイツの顔がもう拝めなくなるんだぞ⁉　それでもいいのか⁉」

「それは嫌ですけれど」

嫌なんですね！

「それなら、ずっとここにいてくれたっていいだろう」

「クリストファー殿下、そういう問題ではないのですわ。でも、コンプレックスだらけで大嫌いだったソル殿下のことを引き合いに出してまで私を留めてくださろうとすること、お気持ちだけありがたく受け取りますわ」

「そんな……」

悲痛に満ちたクリストファー殿下の言葉を聞きながら考える。

エリカ様の決意は本当に固いみたい。何とかならないのかな……。

こんなときに助けてくださるのが、ソル殿下だ。

「エリカ嬢は自分を責めすぎじゃないのかな」

「いえ。いくらソル殿下でも、私の意志は変えられませんわ」

「クリストファー殿下のことはともかくとして、本当にこの王宮に未練はない？」

「ソル殿下のお顔にはありますが、そのほかはあまり」

エリカ様は視線を床に落とした。

さっきまでの凛《りん》とした表情がどこにも見えない。

もしかして、嘘《うそ》をついているんじゃないかな……？

ソル殿下も同じことを思っているようで、優しい声色のままさらに追及する。

「じゃあ、どうしてここのところ僕の執務室に来ていたの？」

「えっ」

「一度も入ってくることはなかったけど、僕に会いに来た訳じゃないよね。セレナやクリストファ

―殿下が来ていて賑《にぎ》やかなときに限って扉の外に気配を感じることが多かったな？」

「そ、そんな……私は別に」

にこやかだけどどことなく有無を言わせない響きのあるソル殿下からの追及に、エリカ様は急に頬を赤らめてしどろもどろになってしまった。

そういえば、この前ソル殿下の執務室でお話ししていたとき、廊下に誰かの気配を感じたような？

あれはエリカ様だった？

けれど、エリカ様がソル殿下の執務室に来ていたなんて知らなかった。

もちろん聖女様だったころのエリカ様は、しょっちゅう薄着でやってきていたけれど。

ここ最近は、私がお茶に押しかけるか『クラブ・ピンクトルマリン』に誘うぐらいだったのにな。

私は立ち上がってエリカ様のところまで行き、両手を握る。

「エリカ様！　どうしたら素直になってくれるんですか！」

「ちょ、ちょっと。私はもともと素直ですわ？　セレナ様が妙な深読みをなさっているだけで、私は別に」

「だって、私が知っているエリカ様じゃないです！」

「……とにかく、ここに私がいるわけにはいかないのですわ。セレナ様もソル殿下を支えていくのでしょう？　でしたら、もう少し理性的に振る舞うことをおぼえたほうがよくってよ」

……理性的に振る舞う。

確かにそうなのだけれど……。

何も答えられなくて、エリカ様のお部屋に沈黙が満ちた。

その静寂を破ったのはクリストファー殿下だった。

「わかった。私は後継レースから抜けることにする」

えっ？

「エリカはお父上の罪を自分のことのように感じているんだろう。だから未来の王妃としてはふさわしくないと。それならいい。私が次期王位継承者としての権利を放棄しよう」

いきなりすぎて理解できなかった私は、もう一度クリストファー殿下のセリフを頭の中で反芻する。

『私が次期王位継承者としての権利を放棄しよう』

――つまり、エリカ様のために王位継承権を捨てる、っていうこと？

クリストファー殿下の言葉はしっかりとしていて、冗談などではないのがすぐにわかる。

クラレンス様の「まだ次期王位継承者とは決まっていないですけれどね」というぼやきが聞こえた気がするけれど、気にしないでおこうと思う。

だってこれは、恋愛小説でいうハッピーエンドに向かうシーン！

いきなり、クライマックスに向かういいところが来てしまいました……！

ドキドキしながらクリストファー殿下とエリカ様を見つめていると、エリカ様が口を開いた。

「クリストファー殿下。あなたの後ろにはたくさんの方々がいらっしゃいますわ。我が家は没落しましたが、多くの者があなたを支えているでしょう。それを裏切ることになるのですよ？」

「ああ。私はそれで構わない」

「!?　本気ですか」

「私は本気だ。離れてみてわかったんだ。エリカが戻ってきてくれるのなら、私は何もいらない」

というか、クリストファー殿下、エリカ様のことをめちゃくちゃ好きだったんですね？

それなのに、私に贈り物をしたり目の前でブローチを落としたりを繰り返したりしていたってこと……？

後宮を持つことが前提の王位継承者の皆さん、本当に怖すぎます。

感動したらいいのかドン引きしたらいいのかどちらなのかわからない私の前で、エリカ様は瞳を潤ませた。

「クリストファー殿下……」

「エリカ……」

障害がなくなった二人は手をとって見つめ合う。

その後、クリストファー殿下はこの前私に見せて下さった婚約指輪を取り出した。

「これを受け取ってくれるね」

「……はい……」

ひゅーひゅー！　じゃなかった。

これ以上ここにいてはお邪魔になりますね！

そう思ったのは私だけではなかったみたい。

「セレナ、行こうか」

ソル殿下の囁きに私は頷く。

そうしてクラレンス様と三人、エリカ様のお部屋をこそこそと後にしたのだった。


執務室への帰り道、幸せをお裾分けしてもらった私は上機嫌だった。

「クリストファー殿下とエリカ様。本当によかったですね」

「破《わ》れ鍋《なべ》に綴《と》じ蓋《ぶた》、お似合いの二人だとは思っていましたね。とっとと収まるべきところに収まってくれてまぁよかったんじゃないですかね」

「われ……？　外国の言葉でしょうか、それは」

「セレナ嬢は気にしなくていいですよ」

私とクラレンス様の会話を静かに聞いていたソル殿下は、ふっと笑う。

「エリカ嬢はクリストファー殿下とお似合いだね。エリカ嬢はあれでいて幼い頃から厳しい教育を受けて育ったご令嬢だ。もし今後何かあってもクリストファー殿下をうまくコントロールするんじゃないかな」

「それ、私も思っていました！　エリカ様って本当にすごいんですよね。いろいろ完璧なだけじゃなく、頭も良くて機転もきくし」

成績が毎年Ｂマイナス、お世話になった先生方総動員の努力の結果、やっと学校を卒業できた私とは大違い。

私はソル殿下のお側にいるって決めたのに、足を引っ張っちゃうんじゃないかな。

きっと、エリカ様みたいにはなれない。

少し悲しくなってきたところで、ソル殿下が立ち止まる。

「セレナは無理をしなくていいんだよ」

「でもマリンちゃんの予言によると、ソル殿下は将来国王になってナーバナ王国を幸せに導くんですよね⁉　その時、そばにいるのがＢマイナスの私では」

「……。セレナ。僕がセレナに大切なネックレスを預けていたことを覚えてるよね」

「はい、もちろん。そのおかげで、私はここまで大変なことに巻き込まれずに済んだんです」

「そうやって守ってきた大切な人に苦労させたいはずがないだろう？」

真剣な言葉に、どきりとする。

ただ目を瞬くことしかできない私に、ソル殿下は真っ直ぐに続けた。

「僕は、セレナだから好きなんだよ。だからセレナはそのままでいいんだ。無邪気なところに僕は癒されるんだ」

「ソル殿下……」

ドキドキしつつ、納得する。

何でもできて完璧なエリカ様に憧れてしまうけれど、私にしかできないこともある。ん。あるのかな？

とにかく、ソル殿下がそれでいいと仰るんだもの。

それならこのまま行こうと思います……！

「しかし、クリストファー殿下が王位継承権を放棄するとなると、また一悶着《ひともんちゃく》ありそうですね」

クラレンス様の言葉に、ソル殿下が頷く。

「ああ。また妙な動きがなければいいけどね」

【第四章】

次の休日。

私は石を探すため、ソル殿下・クラレンス様と一緒にベリムーズの街へとやってきていた。

人目につかないよう、顔に布をぐるぐる巻きにした私は思わず声を上げた。

「すごーい！　中規模の街だなんて信じられないぐらい栄えています！　賑《にぎ》やかで楽しそう！」

「王都からの交通の便がいいからね。大体のものは手に入る街だよ。セレナのとこの領地とは随分違うのかな？」

「はい！　オルレアン伯爵領は自然がいっぱいなので！」

うちの領地でも大体のものは手に入る。

薬草とか、そういう類いに限ってですけれども。

周囲を見回したクラレンス様は感心したように仰る。

「話には聞いていましたが、この街はナーバナ王国の一般的な街とは雰囲気が違いますね」

「確かにそうですね？　少し異国の文化が感じられるような？」

「セレナ嬢にしては珍しく勘がいいですね。そう、ここはモンレール王国にルーツを持つ人間が多く住む外国人街なんですよ」

「へえ！」

そういえば、学校で少し教わった気がする。

成績は万年Ｂマイナスでしたけどね。

ちなみに、今回の私たちの訪問は、お忍び中のお忍びということになっています！

少し前に枯れかけたイスカル湖を元に戻したという功績もあって、いまソル殿下の評判はものすごく高まっているのだそう。

空っぽの第三王子、と呼ばれていた頃のことが嘘《うそ》みたい。

そういう経緯から、側近のクラレンス様としては気軽に王都を空けたことを知られたくないようです。

何だかいろいろ難しいのですね？

私たちの一歩後ろを歩いていたクラレンス様が「お二人とも変装が無意味になる会話はやめてくださいね」と言いつつ地図を広げる。

「地図が青く光ったのはこの辺ですね。ちょうど、薬屋があるみたいですけど」

私たちは揃ってその薬屋を見上げた。

レンガではなく木でできたかわいらしい外観の店構えに、店頭に置かれた人形。

看板には《モンレールの魔女のお店》と書いてある。

それを見て、私は目を輝かせる。

「ソル殿下。モンレールの魔女、って。外国人街っぽいお店の名前でかわいいですね」

「薬は国によって得意とする分野が違うからね。それを補うためにモンレール王国の魔女がここで薬屋を開いているんじゃないかな」

「ということは、《ナーバナの魔女の薬屋》も？」

「モンレール王国を探せば、きっとどこかにあるんじゃないかな」

そういえば、この前王宮でのお茶会に招かれたとき、モンレール王国からのお客様・スカーレット王女とノエル王女と仲良くなったんだった。

今度遊びに行きますね、ってお約束して別れたのだけれど……。

元気かな。そろそろ会いたいな。

そんなことを考えながら薬屋の扉に手をかける。

カラン、というきれいな鐘の音がして扉が開く。

あれ。

店内の真正面には、小さな女の子がいた。

なめらかな金色の髪と、深い緑色の瞳。

こちらを見た女の子は、真ん丸の目を見開く。

「セレナさま？」

「あ！」

それはつい三秒前まで私が想像していたモンレール王国の第九王女、ノエル様だった。

私は驚きに声をあげる。

「ノエル様、こんにちは！　こんなところでお会いできるなんて！　ご旅行ですか？」

「はい。でも今日はお忍びなんです。ここの薬屋さんに届け物があって……。セレナさま、秘密にしていただけますか？」

「かしこまりました、もちろんです！」

笑顔で応えると、ノエル様のお付きの方が三人、私たちに会釈をする。

そうして、ノエル様の手を引いてお店を出て行こうとした。

「待ってください。セレナさま」

「？　何でしょうか」

「わたし、今夜はこの街に泊まることになっているんです。セレナさま、もし時間があったら遊びに来てください！」

「わぁ！　ぜひ！」

と答えたところで、今日の目的を思い出す。

いけない。遊びに来たわけではないのでした！

「……っと。私たちも探し物をしにこの街にやってきたんです。見つかったら、必ずお伺いしますね！」

「えへへ。たのしみにしています」

危なかった、つい普通に遊ぶお約束をしてしまうところだった。

私とノエル様はそうして別れたのだった。

ノエル様がお店を出て行った後、奥から現れたのは若い女の人だった。

「何かご用ですか。薬の注文なら、そこの注文書に書いてもらえると」

私と同じぐらいの年齢の……魔女さん、かなぁ？

つやつやの黒髪を丁寧に整えたショートカットは、アリエル様からの評価が高そうです！

「私たちは薬を買いに来たわけではありません。探し物をしていまして」

「探し物？」

クラレンス様の言葉に、魔女さんは怪訝《けげん》そうな表情をした。

「はい。透き通った碧《あお》い石はここにありませんか。私どもはナーバナ王国の聖女・セレナ様の思し召しによりこちらへまいりました」

「聖女の思し召し……」

魔女さんは驚いているみたいだけれど、私が聖女本人だとはこれっぽっちも思っていないみたい。

だよね。ちょっと地味すぎますもんね？

こういう反応がすっかり慣れっこの私は、普通にクラレンス様に続く。

「特別な石が王都から消えてしまったんです。精霊さんが運ぶ類いのものなので、突然現れる可能性があるんです。このお店の周辺を探させてもらってもいいでしょうか？」

「店の中以外ならいいけど。でもそもそもそんなのないよ」

魔女さんは少しだけ戸惑っているみたいに見える。

まぁ、こんな風に突然人が訪ねてきたら、びっくりするのは当然ですよね……！

しかも全員、フードを目深に被るか布をぐるぐる巻きにして顔を隠しているんだもの。

下手したら、通報されたっておかしくないと思う。

魔女さんは、目を泳がせて続ける。

「探してもないと思うけど」

「ありがとうございます。では、お店の周りを探させていただきますね！」

怖がらせてしまったことを申し訳なく思いつつ、魔女さんにお礼を伝えてお店を出ようとしたところで。

真剣な顔をしたソル殿下が私を止めた。

「……セレナ、待って」

「ん？　何でしょうか」

「彼女の様子が少し気になるんだ。——セレナ、今ここで精霊に碧い石はどこなのか聞いてみてくれないかな」

「？　はい。——精霊さん、マリンちゃんの特別な稀少《きしょう》鉱石はどこですか！　教えてほしいです！」

そう口にした瞬間、天井から何かが降ってきた。

「……⁉」

コツン、と足元で音がしたので見ると、そこにはついこの前までソル殿下の胸元に光っていた碧い石があった。

「あっ、見つかりましたね⁉」

私はそれを拾うと、指で摘《つま》んで灯りに透かす。

うん、確かにこれはマリンちゃんの碧い石！

こんなに早く見つかるなんて、なんてラッキー！　と声を弾ませた私だったけれど、どうやら違うみたい。

「セレナ。一応言っておくけど、今のはセレナの特別な力によるものだと思うよ。精霊がセレナのために持ってきてくれたんだと思う。さすがに王都じゃ届かないから地図が光るだけだったけど、近くまで来たから届いたんじゃないかな」

「私、すごいですね！」

マリンちゃんは私が持つ聖女の力のことを『特別なもの』とよく言っている。

けれど、今まではそこまで考えたことがなかった。

もっと早く知っていれば、いろんなことに応用できたのに！

学校の成績とか、恋愛小説の新刊とか……。

「セレナ嬢、悪いこと考えてますね」

「えへっ、バレてしまいましたか？」

呆《あき》れたようなクラレンス様の声に微笑んだところでガシャンと音がした。

そちらを見ると、魔女さんが信じられないという顔でこちらを見ている。

魔女さんの足元には薬の小瓶が転がっていた。

きっと、今のガシャンという音は瓶を落とした音だと思う。

「どうかしましたか？」

「……！」

私の問いには答えず、魔女さんはどたばたとお店の奥に走って行ってしまった。

「何かあったんでしょうか？」

「うーん。僕の予想が当たっていれば、なんだけど」

「はい」

「……っつ⁉」

そこまで話したところで、ソル殿下は頭を抱えて顔を歪《ゆが》ませた。

これは、俺様ソルが出てくるときのあれ！

もう、どうしてこんなときに⁉

ソル殿下の予想が聞けないし、何よりも今日ここまで起きた事とかを一からお話ししなきゃいけなくなるのに……！

けれど、私の心配は杞憂《きゆう》に終わった。

「――あの女、この石を先に見つけて自分のものにしようとしてたんだろう。だからあんなに挙動不審になっているんだ」

え？

これは、確かに低く冷めたような俺様ソルの声。

ソル殿下が言おうとしていたことを、代わりに教えてくれている。

でも、別の人格のはずなのにどうしてソル殿下の考えを知っているの？

「お前は深く考えるんじゃない。どこか遠い国の言葉で、下手の考え休むに似たりというだろう」

「褒められていないのだけはわかりました！」

頬を膨らませたところで、お店の奥からガラガラガッシャーンと派手に棚がひっくり返る音がした。

まるで今まさに泥棒が家じゅうをひっくり返しているような騒音に、びっくりしてしまう。

「ど、どうしたんですか？　大丈夫ですか！」

何かあったのかな、と心配になって奥に声をかけてみる。

すると、ガッシャンガッシャンいっていた音がぴたりと止まった。

その数秒後。

「ドロボー！　誰か早く来てぇ！！！」

顔を真っ赤にして叫びながら、魔女さんが現れたのだった。

薄暗い部屋。ちょっとほこりっぽい四角い部屋の中に、私たちは閉じ込められている。

「あのう。私たち、どうしてこんなところにいるのでしょうか」

「牢屋《ろうや》の中で過ごす経験はなかなかないな。新鮮だ」

「お二人とも、どうしてそんなに落ち着いていられるんですか！」

私と俺様ソルの会話に、クラレンス様がお顔を真っ赤にして怒っていらっしゃる。

ですよね、ごめんなさい！

あの薬屋の魔女さんは、この街でそれなりの地位にあるお方だったらしい。

魔女さんの叫び声を聞いた街の人たちに通報された私たちは警察に連行され、牢屋のような場所に閉じ込められてしまったのだった。

私はあらためてさっき起きたことを回想する。

「マリンちゃんの碧い稀少鉱石は、偶然あの薬屋さんの周辺に現れていた。そして私たちが訪問する前にあの魔女さんが拾った、ということですよね」

「ああ。そのようだな。当然、価値をわかった上でな」

魔女さんの気持ちになって考えてみる。

偶然とても珍しい鉱石を見つけて大切に保管していたはずが、目の前に現れた謎の一行がその石をワープさせる形で強奪、なんてしたら……うん。

びっくりして、怒って、警察に突き出しますよね！

まさにそのまま警察を呼ばれた私たちは連行され、牢に入れられてしまったのだった。

「それにしても、話も聞かずいきなりこんなところに入れるなんて失礼しちゃいます！」

「まぁ、俺たちの格好が怪しすぎたんだろう」

確かに、三人とも布かフードで顔を隠し、ところどころ泥で薄汚れている。

キラッキラなソル殿下を隠すためにしたことが、裏目に出てしまうなんて！

そういうわけで、窃盗犯として扱われた私たちの話なんて聞いてもらえなかったのだ。

「というか、ソルが身分証を見せれば済むのでは？　お顔を知っている人がいなくても、王族の証とか紋章とかを見せればあっさり解放してもらえるものじゃないんですか」

「セレナ嬢、めずらしく賢そうなことを言いますね」

やったクラレンス様に褒められた！　と思ったのは束の間。

クラレンス様は口の端だけを上げて温度なくふっと笑った。

「罪人はイカれてる人間も多いですからね。仮に名乗り出たとしても、真偽を確かめ終わるまで頭がおかしい人扱いでここに入れられたままになりますよ」

「そんなあ！」

「お前、ピーピーうるさいな。そんなんじゃ将来の王妃は務まらないぞ」

「だって、私はいいけれど俺様ソルとクラレンス様がこんなところに閉じ込められるなんて……！　きっと暴動が起きます！」

主にこんなところに付き合わせた私に対してです。

「こんな牢、その気になればいつだって出られるだろう」

そんなことを言いながら、俺様ソルは手のひらに魔力をまとわせた。

……そっか。

少し前にソルから守りの魔法を授けられた時のことを思い出す。

あの時は魔法なんて使えない私もびっくりしてしまうほどの衝撃があった。

俺様ソルの力を使えば、ここは簡単に出られるのだろう。

「では、どうして出ようとしないのですか？」

首を傾げた私に俺様ソルは自信たっぷりに笑った。

「事情が変わった。さっき、ここに連行される途中で面白いものを見た」

「面白いものですか？」

「お前たち、気が付かなかったか？　あの薬屋、妙な人間が出入りしていた」

「ソル殿下、私はきちんと気がつきました」

「そうか。きっとあそこも一緒なのだろう」

「ええ。王都のあのクラブでさえ、限られた人間しか知らない場所でした。この街なら、格好の場所になっていることでしょう」

お二人は訳知り顔で会話を進めているけれど、私には意味がわからない。

一体何のお話ですか？

「あの薬屋、店内に地下へと続く階段があった。おそらくその先には『クラブ・ピンクトルマリン』と同じような場所があるのだろう」

「まあ！」

憧れの花園が王都以外にも！

一瞬はしゃいでしまったけれど、俺様ソルの次の言葉に、私は固まることになる。

「薬屋の店内には変装した貴族が数人いたが、気がついたか？」

えっ。

そんなの、全然知らなかった。

言葉を返せないでいるうちに、この牢屋のような部屋の前の廊下に人が現れた。

いかにも騎士とか軍人、って感じの荒々しい雰囲気の人。

少し怖くなって、私は思わず俺様ソルの腕を掴《つか》む。

「お前たち。出ろ」

ひえっ。

「断る」

俺様ソルはきっぱりと拒絶する。

牢屋から出ることを拒む人なんて聞いたことないです。

「向こうの部屋で詳しい話を聞かせてもらう。まずはそのフードを取れ」

「誰に向かってものを言っている？」

「お前、偉そうだな。気に入らない。そんな口が聞けるのもいまのうちだけだぞ」

その人はそう口にすると、手のひらをこちらに向けた。

あ。魔法での戦闘は見たことがないけれど、前に俺様ソルが魔法を使ったときには、こんな仕草のあと発動したような？

ということは、まずいんじゃないでしょうか……？

ひやりと冷たいものが背中を滑り落ちた。

その瞬間、目の前の空気がゆがんだ。

気がつけば、大きな水の塊がこちらに向かってくる。

至近距離なので全てがスローモーションみたい。

どうしよう、怖い！

そう思ってギュッと目を閉じる。

……けれど、何も起こらなかった。

「あれ？」

目を開けると、私の前には俺様ソルがいた。

その手にはシールドのようなものが張られていて、魔法が放ってきた人相手に跳ね返ったみたい。

その人は、というと魔法を跳ね返されたせいで大きな水の塊の中にいた。

息はできるみたいだから苦しそうではないけれど、中からの音が何も聞こえない。

「これは⁉　ソル、一体何をしたんですか？」

「見たままだ。魔法を跳ね返した。この水の塊は相手を閉じ込めて黙らせるだけじゃなく、移動を容易にする。面倒なので跳ね返した」

「怖い魔法ですね……」

それって、身体の自由を奪う魔法ってことですよね？

想像しただけで震えてしまう。

すっかり動揺している私だけれど、俺様ソルとクラレンス様にとってはどうってことないみたい。

水の塊の中から水壁を叩《たた》き、壊そうとするその人を眺めながら会話を続ける。

「ただの薬屋なのに、あんなにすぐ警察が駆けつけたこと自体おかしいだろう。おそらく、元々目をつけられていた場所のはずだ」

「麻薬や違法な賭博行為だけでなく、クーデターの火種になりうる密談の場所として知られていたのならそういう警備になりますよね」

「ああ。魔導師ならともかく、普通の魔女が経営する薬屋にしか見えないがな」

険しい顔をした俺様ソルに聞いてみる。

「あの、どうして〝魔導師ならともかく〟なんでしょうか？」

「魔導師マリンが言う通り、魔導師になった途端に時が止まる。その結果、いろいろな寂しさから逃れるためにクラブを経営する魔導師が多い。トラブルがあったときに自力で解決できるだけの力も持ち合わせているしな。しかし仮にただの魔女がクラブを経営することがあったとしても、密談の場所として選ばれるなどあり得ないはずだ」

「なるほど」

そんなこと考えもしませんでした！

うんうんと頷《うなず》いていると、俺様ソルはふいに声を潜める。

「あの店内にいた貴族は、変装していたがアーロン公とオルブライト伯に違いなかった。俺たちが警察を呼ばれたのを見て逃げるようにして出て行ったが」

「そのお二方といいますと、先日『クラブ・ピンクトルマリン』を訪れたときに個室で密談をしていたお二人ですね。さしずめ、ここのクラブはモンレール王国に縁のある人間が集まり機を窺《うかが》う場所とでも言えるのかもしれませんね」

「ここには稀少鉱石のことがなければ来ることはなかった。セレナ、お手柄だぞ」

「ふぁい？」

悲しいことに、俺様ソルとクラレンス様のお話の内容が三割ぐらいしかわかりません？

でも、いま王宮内では権力争いが面倒なことになっていて、偶然その鍵になる人たちに出会えたことだけは何となく理解しました！

その情報を探るために、俺様ソルはもう少しここにいたいってことですね？

「それでもそろそろこの牢屋のような場所を出ませんか？　せっかく近くにマリンちゃんの石やいろいろなものの手がかりがあるのに、ここにいてはもったいないです！」

「それもそうだな」

俺様のソルは水の塊に向かって手をかざした。

その瞬間、塊がぱぁんと大きな音を立てて割れる。

部屋の床は水浸しになり、中に閉じ込められていた人が転がり出てきた。

「あの、大丈夫ですか？」

「だ、大丈夫に見えるか？」

「濡《ぬ》れている以外は」

「………」

大丈夫みたい。

俺様ソルは魔法でその人を立ち上がらせると、厳しい声色で告げた。

「今のでわかっただろう。お前は魔法でも力でも俺には敵わない。逆らわない方が身のためだ」

「……！」

さっきまで威勢が良かったその人はすごく震えている。

その、小刻みに揺れる耳元で俺様ソルは囁《ささや》いた。

「お前に協力してもらいたいことがある。まずは、秘密裏にここから出してほしい」


私たちのお目付役――さっき水の塊からなんとか脱出できた人、のお名前はエーゴンさんというらしい。

エーゴンさんはびしょ濡れになった服を着替えると、しぶしぶ私たちを牢から出してくれた。

そうしているうちに、いつの間にかとっぷりと日は暮れた。

そして、どういうことなのか、エーゴンさんと私たちは一緒にあの薬屋さんの前に立っている。

「エーゴンさん。どうして一緒についてきたんですか？」

「お前たちは犯罪者だ。逃がすわけにはいかないんだよ。しかし、強い人間の側につくのが俺のポリシー……っていうか処世術だ」

「エーゴンさんには凶悪犯の見張りを頼んではいけなさそうですね！」

すぐ悪い人の味方になってしまいそうです。

けれど、さっきからずっとエーゴンさんは表情をこわばらせたままだ。

「お前たち何者だ。さっきここから連行していくときには何も明かさなかったじゃないか」

「俺が魔法を使った姿を見て目星がつきそうなものだが、違うか？」

「お貴族様ってことはわかるさ。この国では貴族――金持ちほど魔法を使えるようにできているからな」

苦々しい顔のエーゴンさんを前に、俺様ソルとクラレンス様は目配せを交わした。

そして。

「これが何かわかるか」

俺様ソルは胸ポケットから万年筆を取り出してエーゴンさんに見せた。

「これは……ただのペンだろう？」

私にもそうとしか思えません！

私の考えを読んだのか、クラレンス様がエーゴンさんだけでなくこちらにまで剣呑《けんのん》な視線を送った後で自分の万年筆を取り出した。

「この、ペン軸のところに紋章が入っております。ナーバナ王国第三王子・ソル・トロワ・クラヴエル様のものです。私の万年筆にも紋章が入っているのは、これはソル殿下から特別にいただいたものだからでしてそのほかにも、この万年筆は世界に二つしかない私とソル殿下お揃《そろ》いの品で」

あっここでクラレンス様のソル殿下愛が炸裂《さくれつ》しそうです！　でもタイミング！

そう思ったところで、俺様ソルが割り込んだ。

「俺の魔法とこの紋章。俺たちの身分がこれで証明されないか」

「ちっとも信じらんねぇな。盗みをする悪人はちょっと手の込んだ詐欺を働くことぐらいわけないだろう？」

見事にバッサリです！

けれど、俺様ソルは慌てる様子がない。

余裕たっぷりに微笑んで、万年筆をしまった。

「そう言うだろうと思った。中で騒がれたら面倒だと思って今ここで明かそうと思ったが、案の定意味がなさそうだな」

「そんなの信じるわけがないだろう。オレはただの監視係だよ。ただ、アンタたちの邪魔はしない。邪魔をした瞬間に消されそうだからな」

「そうしてもらえると助かる」

俺様ソルはひどく冷たい笑みを浮かべると、薬屋さんの地下へと続く階段に足を踏み入れたのだった。

階段を降りた先にあったのは『クラブ・モンレール』という看板。

「クラレンス様、これって許可は取っているのでしょうか？」

「取ってないんじゃないですかね。適当ですけど」

まるでモンレール王国の代表を名乗るみたいな店名に、私とクラレンス様は首を傾げる。

その間に、俺様ソルが扉を押し開けた。

薄暗かった階段の踊り場に、店内から伸びた虹色の光が広がる。

中から出てきたのは、鮮やかな赤髪を編み込んで貝殻の髪飾りをつけた女性だった。

「いらっしゃい。あら？　初めてのお客様ね。ごめんなさい。うちは会員制なの。どなたかからの紹介がないと中に入れてあげられなくて」

「やはりそうか」

残念！　と思ったのは少しの間のこと。

俺様ソルは後ろで知らん顔を決め込んでいたエーゴンさんをぐっと押し出した。

「こいつの紹介だ」

「オ、オレかよ？」

「強いものに従うんじゃなかったのか？」

「ぐ……」

エーゴンさんは納得がいかないみたいだったけど、観念したように女性の前に歩み出た。

「あら。エーゴン・ソロウ様。客として来るなんて、どういう風の吹き回し？」

「い……いいだろ別に。たまにはオレだって遊びたくなる日もあるさ」

さてはエーゴンさん、嘘をつくのが苦手なタイプですね？

あまりにも目を泳がせているので私たちが怪しい人間だとバレてしまうのじゃないかと思ったけれど、女性はふふっと柔らかく微笑んだ後、急に表情を引き締めた。

「来てくれてちょうどよかった。今日はＶＩＰが来ているのよ」

私たちが案内されたのは、ホールの端にあるふかふかソファの席だった。

赤髪の美女が慣れた手つきでドリンクを入れてくれるのを私はじっと見つめる。

これは、もしかして初めてのクラブでの飲酒では⁉

目的は違うところにあるとわかっていても、どうしてもわくわくしてしまう。

それを見ていた俺様ソルが赤髪の美女に告げた。

「こいつは子どもだ。アイスココアを出してやってくれ」

「ソル⁉」

とんでもない裏切りだと思います！

けれど、赤髪の美女は「やっぱりそうなんだ」と納得したみたいに呟《つぶや》いて、お酒を注ぐ用のグラスを一つ減らした。

そんな！

凹んでいる私に向けて、俺様ソルはため息をつく。

「お前な。クラブで酒なんか飲ませたって知られたら、あっちが怒るだろう？」

「あっちって……ソル殿下には私たちが言わなきゃバレないじゃないですか！　私、そんなヘマはしませんよ⁉」

「言わなくてもバレるんだよ、それが」

「え？」

少しの引っかかり。

そういえば、最近もまた似たような引っかかりを覚えたことがあったような……。

なんだったかな。

でも思い出せそうになかったので、私は目の前にコトンと置かれたアイスココアを飲むことにする。

うん、甘くておいしいのが悔しいです！

「お兄さんたち、随分上品な雰囲気をしてるね。着ているものは平民の服みたいだけど、まるで王子様が平民に変装しているみたいなちぐはぐさがあるよ」

「ごほっ！」

赤髪のお姉さん、なかなか視点が鋭い。

さすがです。

けれど、俺様ソルはいつもどおり涼しい顔をしてはぐらかす。

「意外と見る目があるな。コイツは全然わからない様子だったぞ」

「どこまで冗談なのかわからないからやめてくれ」

エーゴンさんはひたすら冷や汗をかいている様子だった。

ですよね。犯罪者と一緒にクラブに遊びにきちゃったんだから……！

今日、私たちがここにきた目的は『アーロン公』と『オルブライト伯』の動向を探るため。

件《くだん》の二人はわざわざ王都から来ている。

ということは、本当に聞かれたくない話をするはずだ、って俺様ソルとクラレンス様は警戒していらっしゃるのだ。

私はといえば、次期王位継承者をめぐるきな臭い噂《うわさ》の調査をしつつ、できればマリンちゃんの碧い石も回収できたらいいなぁと思っています。

アイスココアを飲みながら、のんきに構えていた私だったけれど、すぐに現実に引き戻されることになる。

「あなたたち……どうしてここに⁉」

悲鳴に近い言葉に驚いて振り返ると、そこには目を見開いた魔女さんがいた。

日中、お店では眼鏡をしていたから気が付かなかったけれど、すっごい美人！

……じゃなかった。もしかして、これはまずいかも。

魔女さんはピンク色の唇を大きく開けて、本格的に叫ぼうとしている。

けれどそこにソルが手をかかげた。

魔女さんの叫びは一瞬で吸い込まれて音にならなかった。

なにこれ⁉

「……⁉　あれっ？　なんで⁉」

叫んだはずが声にならなかったことに魔女さんは驚いている。

私も一緒です。

目をぱちぱちと瞬《しばたた》いた魔女さんに、エーゴンさんが諦めたように言う。

「抵抗しても無駄だと思うぜ。大丈夫だ。一応、オレが監視役だ」

「どうしてあなたが彼らの言いなりなの⁉　この街の治安を守っているあなたが！」

「大声を上げるな。この泥棒たちは、お前のナントカって石を盗みに戻ってきたわけじゃないようだぜ。もっと重要な用事があるらしい」

うーん。どっちもですね。

でも、今は言わないでおいた。

不満全開で私の隣に座った魔女さんに聞いてみる。

「魔女さん。ここって魔女さんのお店なんですか？　とっても素敵ですね」

「もうっ。魔女、魔女ってうるさいわねえ。私にはちゃんと『ルウ』っていう名前があるのよ⁉」

「ごめんなさい！　ルウちゃ……さん」

「あなたは客じゃないわ。なれなれしくルウちゃんなんて呼ばせないわよ⁉」

理不尽！

とにかく、ルウちゃんはものすごく怒っていらっしゃる。

だよね。だって私たちは、今日の昼間ルウちゃんの大切なものを盗もうとして警察に突き出された犯罪者なんだもの。

誤解はあるけれど、ルウちゃんの気持ちはわかります。

「……やかましいな」

俺様ソルの声で、テーブルの空気が凍りついた。

いつも俺様ソルは切れ者っぽい表情と声色をしているけれど、今日は特に厳しい感じがする。

何かを警戒している、みたいな。

もちろん、私には言わなくてもクラレンス様とは相談済みだと思いますけれど。

俺様ソルとクラレンス様は何やら険しい顔をしているので、せっかくなので私はベリムーズの街の『クラブ・モンレール』を満喫しようと思います！

「ルウちゃ……さん。ここ、とっても素敵なクラブですね！」

「褒めたってあの石は渡さないわよ？　それよりも、あの石は鍵と魔法で二重に守られた箱に入れていたはずなのよ。あなた、どうやって盗んだの？」

「盗んだと言いますか」

勝手に現れたんです、と言っても信じてもらえないよね。

ちなみに、ソル殿下からはこの街にいる間『聖女だ』ということは人に明かさないように言われている。

身の安全が保証されない場所で、聖女を名乗ってほしくないみたいだった。

ということで、この話題は棚上げ事案です。

「私、王都でもこういうお店で遊ぶことがあるんです」

「は？」

話を変えても、ルウちゃんは全然信じてくれない。

そういえば、今日も変装でボロボロメイドの格好をしているのでした。

「うちは祖父の代からこういう大人の社交に力を入れていて……だからアイスココア以外のものも飲みたいです」

それっぽい言い方をしてみたけれど、〆はアイスココアで終わってしまった。

エリカ様ならきっと、機転を利かせられるのに。

お世辞にも頭がいいとはいえない自分が悔しい！

……と思ったところで、ルウちゃんはため息をついた。

「あなた……なんだか調子が狂うわね。泥棒のくせに変だわ？　媚《こ》び売ったって、あの鉱石は渡さないわよ？」

「やっぱり、ルウちゃ……さんはあの碧い石の価値を知っているのですね」

「当たり前でしょう。魔女としては常識だし、私は魔導師を志しているのよ？　価値がわからないはず、ないじゃないの」

「魔導師」

「そうよ。あなたみたいな子にはわからないだろうけれど、世の中には魔導師という高尚な存在がいるのよ。長期にわたって生き続け、魔法を使って人々の道標となる。時には政治に関与し、国をあるべき方向へと導くこともあるんだから」

　得意げなルウちゃんだけれど、私はどうしても今のルウちゃんの説明と『魔導師』が結びつかない。

　魔導師としての役割はそうなのかもしれないけれど、どうしても仲良しだった聖女・エルヴィさんに置いて行かれて寂しげだったマリンちゃんの姿が思い浮かぶのだ。

　私は希望に満ちた表情で語るルウちゃんを見上げた。

「魔導師は……ルウちゃんの憧れなのですね」

「憧れ、なんて遠い存在じゃないわ。私はこの春で厳しい修行を終えて、魔導師になる資格を得たの。生まれ持った魔力や素質も十分みたいだし、あとは洗礼を受けて魔導師になるだけなのよ。この『クラブ・モンレール』だってお師匠様から引き継いだし」

「お師匠様って、どの方ですか？」

私は店内をキョロキョロと見回す。

魔導師を目指すルウちゃんのお師匠様なら、その人も魔導師なのだろう。

ただ純粋に見てみたい。

どれぐらい妖艶な美女なのか……！

けれど、ルウちゃんから返ってきたのは寂しげな言葉だった。

「お師匠様は一年前に死んだわ。魔導師は長生きをするけれど、ちゃんと寿命がくるのよね。五百歳ぐらいだったのかしら……。最後まで見た目は若いままの美しい人だったけど、私にはこのクラブも魔導師も継ぐなってしつこいぐらいに言ってた」

「……お師匠様はルウちゃんが魔導師になることを反対していたのですね」

「そうよ。私はとっくに覚悟を決めてたっていうのに、頑固な人だったわ。結局、最後まで『魔導師になれ』とは言ってくれなかったな」

さっきまで明るかったルウちゃんの表情が陰ってしまった。

そのお師匠様のことがものすごく大好きだったのだろう。

「きっと、そう言ってくれなかったのは魔導師になった先のことをご存じだからですよね。ルウちゃんのことが大切だからこそです」

「でも、そんなのなってみなきゃわからないじゃないの。お師匠様ったら……」

ルウちゃんと私はしんみりする。

そのお師匠様もマリンちゃんと同じような悩みを持っていたんだろうな。

だからこそ、大切なルウちゃんには魔導師になれってはっきり言えなかったんだ。

「って、どうしてあなたが私の気持ちをわかってるのよ⁉　この泥棒！」

「えーとそれは何というか事情がありまして」

少しわかり合えたと思ったけれど、振り出しに戻りました！

もう面倒だから、ルウちゃんに全部話してしまいたいな。

マリンちゃんのことや私が聖女だってこと……。

ルウちゃんが欲しい答えのヒントを、私たちは持っている気がする。

許可を取ろうと隣に視線を送ったところで、ちょうど難しそうな会話をしていた俺様ソルとクラレンス様が立ち上がった。

「あれ、どちらへいらっしゃるのですか？」

「向こうの個室が気になるから行ってくる。お前はここにいろ」

「はーい」

たしかに、大人数でゾロゾロ行っても目立つし邪魔になりますもんね。

私は座り直して大人しく待つことにした。

待っている間、私はルウちゃんとすっかり仲良くなってしまった。

ということで、こんなことになっている。

「わらひらってねえ。悩むことはあるろよ。わかるぅ⁉」

ルウちゃんが持つピッチャーからドボドボとアイスココアのお代わりを注がれて、私は慌ててグラスを押さえた。

「ルウちゃん、もしかしてお酒に弱いんですか⁉」

「んぁによ？　文句あんの？」

「お酒に弱いのにクラブ経営……！　おじいちゃまから聞いたことがあるエピソードな気がするけれど、目の前で起きてみると悲劇ですね！」

すっかり酔ってしまったルウちゃん。

赤髪の美女さんは他のテーブルに行ってしまい、エーゴンさんは俺様ソルたちの行動を見張っている。

私は接客対象外みたいです！

というか、ルウちゃんのお世話係？

ルウちゃんにこれ以上お酒を飲ませたくないけど、お酒に弱くて酒癖も悪いなんて私にはちょっと対応が難しすぎる。

「これ以上ルウちゃんにお酒を飲ませないようにするには、一体どうすれば？」

と困り果てていたら、みるみるうちにテーブルに置かれたルウちゃんのグラスが勝手に空になっていく。

もちろん、誰も飲んでないしそもそもグラスに触っていません。

あ、これは精霊さんが飲んでくれている……？

グラスのお酒の変化に気がついたのは、当然私だけではなかった。

「何これ」

ルウちゃんが黒曜石のように深く美しい瞳に動揺の色を浮かべ、固まっている。

空気を読まず、グラスの中身はどんどん減っていく。

「えっと、これは」

「待って。何なのこれ」

さっきまでの酔っぱらいっぷりが嘘みたいに、ルウちゃんは狼狽《ろうばい》していた。

「あの、ルウちゃん」

「こんなふうに勝手に飲みものが減るなんて、見たことも聞いたこともないんだけど！」

どうしよう。ここで叫ばれたら大変！

けれど、ルウちゃんは叫ぶことはなかった。

あわあわする私に向かって、ルウちゃんは唖然《あぜん》とした顔で言った。

「――いえ、お師匠様から聞いたことがあるわ。特別に精霊から好かれる人間の話」

【第五章】


ルウちゃんのお師匠様だった魔導師さんは五百年もの時を生き抜いたと聞いた。

その五百年の間に、マリンちゃんが魔導師になってからの三百年も入っている。

もしかしてエルヴィさんとも会っていたのかもしれない。

気になって、聞いてみる。

「その、特別に精霊から好かれる人間っていうのは……」

「今でいう、『本物の聖女』らしいわ」

「！　やっぱりエルヴィさんのこと！」

「ヴィ？　なにヴィ？　誰よそれ」

やっぱり違ったみたいです。

「あの、私はルウちゃんのお師匠さんが『特別に精霊から好かれる聖女』と何か関わりがあったのではと」

「えー？　そこまでは聞いたことないわ。ただ、本物の聖女の中でも特に力が強い人間は、精霊をものすごく強力に従えるって」

「たとえば、欲しいと思ったものを即座に手に入れたり？」

「そうそう、精霊が先回りして望みを叶《かな》えたりね」

「「………」」

私とルウちゃんは同時に黙った。

ちなみに私の頭の中には、今日の日中、空から降ってきた碧《あお》い石のことが思い浮かんでいます。

「なに、あなた……えっそういうこと⁉ やっとわかったわ？」

ルウちゃんにはマリンちゃんみたいに頭の中を読む力はなさそうだけれど、私が王都から来た聖女だとわかってくれたみたい。

よかった。でも私が聖女だということはこの旅では秘密なんだった！

ということで、慌ててお願いする。

「あの、内緒にしてもらえますか！ 今日はお忍びなんです」

「ふーん。なるほどね。エーゴンさんがあなた達の側についたのも納得だわ。第三王子の婚約者が聖女だってこと、大体の人が知っているもの。王族と聖女に従えといわれたら断れないものね」

「いえ、あのエーゴンさんは全然信じてくれなくて」

「まじで？」

「まじです」

ルウちゃんは酔いどころか、私たちへの不信感まで吹っ飛んでしまったみたい。

さっきまでの冷たすぎる態度が嘘《うそ》みたいに、聞いてくる。

「で、何で私の碧い石を盗もうとしたのよ？　まぁ、きっと精霊が勝手に持ち出してあなたのところに降らせたんでしょうけど」

「王都にいる、ある魔導師のためにその石を持ち帰りたいんです。そのためにこの街にきました」

「ふーん。何か特別な薬でもつくるわけ？」

「いいえ。特別な薬——特別な実が生《な》る木の種はもう作ったんです。あとは育つのを待って、マリンちゃんがその実を食べれば終わりなだけで」

　私が答えると、ルウちゃんの顔色は変わった。

「そういうことだったのね。私みたいなのがどうしてあの石を見つけられたのか不思議だったの。だって、探し物が得意な聖女が探してもなかなか見つからないといわれるほどの稀少《きしょう》鉱石だもの。きっと、あなたに見つかりやすくて、かつメリットがある場所に現れたのでしょうね」

「なるほど！」

「でもね、あの石は渡せないの。だって、私が魔導師になったときのお守りにするんだもの」

「……！」

　ルウちゃんの言葉が意味するところは、まさに今までマリンちゃんがしてきたことそのもので。

　魔導師として長い時を生きることに決めたルウちゃんの決意を前に、私は何も言えなかった。

　酔いが覚めたルウちゃんと二人でアイスココアを飲んでいると、個室の様子を窺《うかが》いに行っていた俺様ソルとクラレンス様が戻ってきた。

「おい。お前に来客だぞ」

「来客ですか？　あっ！」

えらそうな俺様ソルの背後からひょっこり顔を覗《のぞ》かせたのは、昼間に薬屋で会ったノエル王女だった。

ギラギラなライトが眩《まぶ》しいこのクラブに、可憐《かれん》でかわいらしい幼女の王女様！

不釣り合いすぎませんか？

というか、ここは大人にしか許されない秘密の花園なのでは⁉

「ノエル様、こんばんは！　どうしてこのクラブにいらっしゃるんですか？」

「夕食をとりにきたんです。お母さまが、このお店は古くからあって安心できる場所だからと。さっきアーロン公とオルブライト伯にごあいさつをしていたら、ぐうぜんソル殿下におあいして」

王女様のお夕食をこのクラブで⁉　と思ったけれど、ノエル様が指差した方向には貴賓室のような雰囲気の個室が見えた。

中には給仕係がいて、今にもフルコースが始まりそうです！

「わぁ。『クラブ・モンレール』ってすごいのですね？」

「お師匠様がこのシステムを作ったのよ。街の特性上、この店は本国からのお客様をもてなす場になりやすいし」

ルウちゃんが得意げに教えてくれる一方で、監視役のエーゴンさんは絶句して固まっていた。

目の前で手のひらをひらひらさせてみても、ぽかんとした顔でノエル王女を見つめたまま動かない。

ここベリムーズの街は、ナーバナ王国の外国人街。

自国の第三王子よりも、モンレール国のかわいいかわいい第九王女様のお顔の方が有名でも仕方がないですよね！

ということで、モンレール王国の第九王女、ノエル様のおかげで私たちはあっさり解放されることになった。

あんなに信じてくれなかったエーゴンさんは、『下手したらクビだよ……』と真っ青な顔をしていた。

びっくりさせて、ごめんなさい！

もう一度席についてから、聞いてみる。

「ソル。何か収穫はありましたか？」

「ああ。王宮に戻ってから使えそうなネタをたくさん仕入れられたぞ」

「よかった！　でも難しそうなので、話していただかなくて大丈夫です」

「そうか。お前の方もちゃんと収穫があったみたいだな」

俺様ソルは私とルウちゃんの二人に目配せをする。

褒められたと感じた私は元気よく返事をした。

「ハイ！」

「碧い石の件はお前が判断すればいい。お前は、俺よりもずっと純粋で真っ直ぐだからな」

「ハイ！」

「それでお前。今日は宿に戻ったら、俺の部屋で休め」

「ハイ！　って、えっ⁉」

調子よく返事をしていた私はぴたりと止まった。

どういう意味でしょうか⁉

「あ、なんだ、お部屋の交換でしょうか？」

いくら王都からそう遠くないとはいえ、このベリムーズの街は日帰りできる距離ではない。

だから、今回のお出かけでは宿を手配していた。

ソル殿下と、クラレンス様と、私の三部屋。

突然のことでびっくりしてしまったけれど、さては日当たりの関係などでお部屋の交換をご希望なのですね？

「違う。同じ部屋で寝るんだ」

「⁉　それは、あの、私にはソル殿下という人が⁉」

だって私の婚約者はソル殿下ですし！

顔を真っ赤にしてブンブンと手を振り拒絶した私に、俺様ソルは「そうか。そっちの方向に行く可能性を全く考えてなかったな」と笑ってから付け足した。

「俺の部屋にはベッドのほかにソファがある。ベッドは俺が使うから、お前はそこで寝ろ」

「……？」

ん？　私は俺様ソルのお部屋のソファで寝るってことですよね？

どうして？

首を傾げた私に、俺様ソルは囁《ささや》くようにして告げた。

「多分、この店の中にはお前の正体に気づいている人間が数人いる。現時点で利用価値があるのは俺じゃなくてお前だ。少し前にイスカル湖が枯れそうになったとき、『本物の聖女』が活躍したと知られているからな」

――つまりそれは、私を狙う人間がいるということだった。

その日の夜。

私は本当に俺様ソルのお部屋で休むことになった。

「……お前、その寝間着は何だ」

「え？　機能性と寝心地重視のパジャマです。私、こういうのしか着たことありません！　でも一応、ちょっとお出かけ仕様のものですけど？」

俺様ソルは私のパジャマ姿を見て呆《あき》れている。

私のパジャマは、肌触りサラサラの木綿でできた分厚いワンピースと、足首まであるかぼちゃパンツ！

ちなみに、ワンピースの中には腹巻きもしています。

「先が思いやられるな……」

「？」

私たちの会話を無視して、念入りに室内の安全を確認していたクラレンス様が心配そうに言う。

「セレナ嬢。ソル殿下のことをくれぐれも頼みますよ。本当は私もご一緒したいところなのですが、何の関係もない私が一応はご令嬢であるあなたと同じ部屋に泊まるわけにはいきませんから」

「ハイ！　それにしても、聖女っていろいろな人に狙われて大変ですね。もし私が自叙伝を書くことになったら、『聖女試験は受けるな』って書こうと思います」

「それ誰が読むんですか」

さぁ、と首を傾げると、クラレンス様は呆れたあと「ソル殿下を困らせることがないように」と念押しして扉を閉め自分の部屋に戻っていった。

寝支度を整えた私は指定されたソファに腰掛けブランケットを手に取った。

時間はもう深夜に差し掛かる。

夜用の橙《だいだい》色の灯りの中、長い夜が始まろうとしているけれど、不思議と怖くない。

そこに、大きなベッドに一人で入ろうとしていた俺様ソルが聞いてきた。

「ずいぶん落ち着いているが、お前は怖くないのか？　もしかしたら、ここに誰かがお前を攫《さら》いにくるかもしれないんだぞ」

「怖くないわけじゃないですけれど……ソルが一緒ですから」

「……俺が一緒、か。お前、あっちにも同じことが言えるのか？」

「!?」

ソファの背もたれ越しにみえる俺様ソルの表情が少し意地悪なものに変わる。

想像しただけで頬が熱くなるので、やめてください！

私はソファに勢いよく横たわるとブランケットを頭から被った。

「もう知りません！　おやすみなさい！」

そう叫んで、ぎゅっと目を瞑《つぶ》る。

俺様ソルと一緒にいればドキドキしないから忘れているけれど、私はソル殿下をお慕いしているのだ。

信じられないことにソル殿下も私が好きみたいで、そして私たちは婚約者で、まもなく物語でいうハッピーエンド、って？

うわぁ、それ、なんですか⁉

頭がパンクしそうなので、あれこれ考えるのはやめることにします！

オルレアン伯爵家の面々は基本的におおらかで明るくよくよしないのがいいところだもの！

普通ならまさかこの状況で眠れるはずがなかったのだけれど、日中の疲れもあって、いつの間にか私は眠りに落ちていた。


「――――」

「――――」


どれぐらいの時間が経ったのだろう。

私は誰かの気配で目を覚ました。

部屋の明かりは消えていて真っ暗だけれど、この部屋に私とソル以外の誰かがいる気がします⁉

これはきっと、俺様ソルが警戒していた人たちな気がする。

どうしたらいいのかわからなくて、私は頭の上から被ったままだったブランケットをぎゅっと握る。

俺様ソルがこの状況で眠っているはずはない。

そうはわかっているけれど、ドキドキして、少し怖い。

そうしていると、侵入者たちの会話が暗い部屋に響く。

「……おい。ソファにも誰か寝ているんじゃないか？」

ひえっ。待ってください！

「向こうの部屋に聖女はいなかった。つまり、警戒して婚約者をこの部屋で寝かせたようだな」

「第三王子は愚鈍だという噂《うわさ》だったが、意外と頭が回るじゃねえか」

「とにかく、そのベッドで寝ている聖女を連れ去るんだ」

ってえっ？

私——聖女、はソファで寝ているのですけれど。

そう思った瞬間、ベッドのほうで大きな光が走り、同時に部屋が明るくなった。

「誰の手の者だ」

俺様ソルの低く冷たい声に、私まで背筋が凍りそうな気がする。

見ると、俺様ソルがベッドから起き上がって、厳しい瞳で侵入者を見下ろしていた。

「ひえっ……⁉」

気絶した侵入者が三人、床の上に転がっている。

さっきまであんなに元気に会話をしていたのに、いつのまに倒されちゃったんですか⁉

とにかくみんな意識を失っているので、俺様ソルからの質問には答えられなさそうです。

きっと、さっきの大きな光のときに俺様ソルが魔法で倒したのですね？

「セレナ。クラレンスのところへ行ってエーゴンを呼んでくれ」

「は――、」

それは、俺様ソルが私に話しかけたのとほぼ同時だった。

自分の背後に、誰かが立った気配がした。

と同時にツンとした刺激臭を感じる。

なにこれ⁉　と思ったけれど、その正体はいままさに私の口を封じようとしているハンカチで。

もしかして、床に倒れている三人以外にもお仲間がいらっしゃったのかもしれない。

これはピンチ！

と思った瞬間、ハンカチを持つ腕に青い光が走った。

まるで稲妻のように見えるその光は、私の身体から発せられて、ハンカチを持つ腕を伝う。

そうしてその人の全身に広がって身体中を包み込む。

「ぎゃあああああ！」

声を殺していたはずのその人は、たまらずに悲鳴を上げて床に転がってしまった。

「なんっ……」

これは何ですか……！

驚いて絶句した私だったけれど、俺様ソルは納得したように涼しげな顔をしている。

「守りの魔法が発動したか」

「守りの魔法？」

「少し前に授けただろう。あれだ。ここのところ物騒な動きが多かったからな。やはり授けておいてよかった。こいつらはいい証人になるぞ」

「………」

なるほど。

もしかして、私っていい囮《おとり》にされた感じでしょうか？

少し腹立たしくもあるけれど、俺様ソルが私をソファに寝かせた意味がわかった。

元はソル殿下の一部だけあって、やっぱり優しいんですよね。

そんなことを考えたところで、俺様ソルが顔を歪《ゆが》めた。

「……っ」

あっ？　これはソル殿下に切り替わるやつ！

でも待って。

私の今の格好はパジャマなのだ。

ネグリジェとは到底呼べない木綿のぶあついワンピースに、足首まであるかぼちゃパンツ。

俺様ソルとクラレンス様には見られても全然問題なかったけれど、こんな姿、ソル殿下には見られたくない！

私はあわてて床に落ちていたブランケットを拾って身体に巻きつけた。

うん、これなら大丈夫。

俺様ソルと入れ替わり終えたソル殿下は、額を押さえて周囲を見回している。

きっと何が起きたかわからなくて、びっくりしているはず。

「ソル殿下。さっき、この街の薬屋さんの地下にあるクラブで怪しい人に狙われて撃退した結果こうなっています」

「うん。わかってるよ」

「こんなわずかな間に理解するなんてすごいです」

「…………」

あれ。少し間が空きましたね？

ソル殿下の表情は少し困っているように見えるけれど、混乱はしていないみたいだった。

冷静に、いつもの優しい口調でお話ししてくださる。

「セレナ。まだ何かあるかもしれないから、今夜は同じ部屋で過ごしてほしいんだ」

ちょっと無理！

でも、この状況を見たらそういう判断になりますよね！

私は内心ものすごく動揺しているけれど、この理由で断るわけにはいかない。

「か、かしこまりました」

「そうか。セレナはそのブランケットでパジャマ姿を隠しているんだ？」

「そ、そうかもしれません？」

ごまかしたいけれどごまかしきれない私の答えに、ソル殿下はふっと微笑んだ。

「さっきまではあんなに普通だったのに……セレナは本当にかわいいね」

「……⁉」

その後、エーゴンさんたちがやってきて、四人の侵入者を回収した。

私たちは朝までまた休むことになったのだけれど、ソル殿下の要望で寝床を入れ替えることになった。

私はシーツを交換したベッドに。

ソル殿下はソファに。

ちなみに、ソル殿下は眠らずに本を読んで見張りをするということだった。

防犯面では安全だけど、違った意味で私が眠れなかったのは言うまでもありません。

少し前、ソル殿下と枕を並べて寝たいと能天気に口にしていた自分を消し去りたいです！

【第六章】

王都に戻った私は『クラブ・ピンクトルマリン』に直行した。

もちろん、目的はマリンちゃんにルウちゃんのことをお話しするためです。

「マリンちゃん。というわけで、碧《あお》い石は『クラブ・モンレール』の魔女、ルウちゃんにお譲りしたいなぁと思うのですがいかがでしょうか」

意を決した私のお願いに、マリンちゃんはふふっと妖艶に微笑んだ。

「そうかい。そういうことなら仕方がないねえ。そのルウちゃんに使ってもらいな」

「ありがとうございます！　マリンちゃん！」

マリンちゃんは意外とあっさり許可をくれた。

これでルウちゃんも安心して魔導師になることができますね！

よかった。

ちなみに、今日もマリンちゃんは飲み物を準備してくれているけれど、いつも通りココアです！

いただきます、と伝えてからすっかり私の中で『クラブ・ピンクトルマリンの味』として定着したココアを味わう。

今日、私たちが案内されたのは、カウンター席だった。

私の隣に座っているのは俺様ソル。

クラレンス様は、先日のベリムーズの街でのあれこれの後処理でお留守番だった。

一緒に行けないなんて残念ですね、と話しかけたら「こっちの方が百倍性に合っています」という返答があった。

ちょっと意味がわかりません？

今日も私にはアイスココアが出されたけれど、俺様ソルの前にはなぜかシャンパングラスが置かれていた。

そこに、マリンちゃんはしゅわしゅわの泡の液体を注いでいく。

黄金色でグラスが満たされて、まさにこれはお酒……！

いつもは俺様ソルも一緒にココアのはずなのに！

一人だけ大人だと認められたみたいで、少しうらやましいな。

あれこれと考えている私の前で、俺様ソルはシャンパングラスを持つとマリンちゃんに向かって不敵に笑った。

「……あなたはこの未来をわかっていたのか」

「何のことかねえ」

このお店の隅には、マリンちゃんが碧い石を原料にして作った種を植えた鉢がある。

そこで育っている、若草色の葉をつけた小さな木。

マリンちゃんが魔導師じゃなくなって、普通の美人な魔女さんに戻るまでもう少し。

その日。
私は、夜明け前に目が覚めた。
ソル殿下やクラレンス様と一緒にベリムーズの街を訪問してから数週間。
季節は変わりつつあって、少しずつ太陽が出ている時間が短くなっている気がする。
ベッド横の窓を開けると、外の空気はひんやりとしていた。
遠くの空に、夜明けの星がうっすらと光っている。
――今日は、いつもより早く王宮に行ってみよう。
何となくそう思った。

王宮に到着した私は『祈りの塔』に足を運ぶ。
最上階にある専用の部屋で、いつも通り祈りを捧《ささ》げる。
国民と、領民と、家族と、大切な人、皆の幸せを。
その後、テラスに出て朝日を浴びた。

「うーん、気持ちいい！」

今日はとってもいいお天気になりそう。

めいっぱい伸びをしたあと、ソル殿下の執務室に向かうため、塔のぐるぐるとした長い階段を下っていく。

そうして、昨夜のことを回想する。

昨日は、俺様ソルと一緒にまた『クラブ・ピンクトルマリン』へ行ったのだ。

いつになく話が盛り上がりすっかり話し込んでしまった私たち。

それを、あまりにも帰りが遅いことを心配したクラレンス様が迎えにきてくれた。

普段は『クラブ・ピンクトルマリン』にいる姿を人に見られたくないからと、なかなか一緒に行ってくれないのに！

けれど、迎えにきたはずのクラレンス様は、俺様ソルによってソファに座らされてしまった。

私とクラレンス様にはアイスココア、俺様ソルにはシャンパン。葉巻の煙を燻《くゆ》らせるマリンちゃん。

ソル殿下がいらっしゃらないのだけが残念だったけれど、俺様ソルと同時に存在はできないから仕方がない。

とにかく、ものすごく楽しかったな。

昨日のひとときを回想しながら、芝生を抜けて王宮の廊下へ足を踏み入れる。

ベッドに入った時間と目覚めた時間から考えると寝不足な朝のはずだったけれど、足取りは軽やかです！

「セレナ嬢、おはようございます。お早いですね！」

「おはようございます！　今日は早起きなんです」

すっかり顔見知りになった衛兵さんと挨拶を交わす。

今日はお化粧をしていないので、私だってわかってもらえて上機嫌です！

王宮内には来客や出仕する人々の姿が見え始めて、賑《にぎ》やかになりつつある。

今日もいつも通り楽しい一日になりそうです！

そんなことを考えながらスキップで進む私に、後ろから硬質な声がかけられた。

「セレナ嬢」

「ハイッ？」

ぶへっ。

スキップの勢いのまま振り向いたら、何かにぶつかった。

鼻が痛いです！

何とか顔を上げた私が見たのは、とっても怖いお顔だった。

「ソル……新しい聖女に前を見て歩くように教育した方がいいんじゃないか」

これは、ソル殿下の二番目のお兄様、オリヴァー殿下！

「ああ。俺も常々思っていたところです。後でよく言い聞かせます」

「も、申し訳ございません」

私は慌てて頭を下げた。

そして、今朝のソル殿下は俺様ソルみたいですね？

オリヴァー殿下といえば、クリストファー殿下とは違ってちょっと曲者な印象のあるお方。

何というか……とっても頭が良くて。

実力主義のはずのナーバナ王国の後継者レースで、一番ではなくクリストファー殿下の次である二番手と言われていたのが不思議に思える人です！

実は、ちょっと俺様ソルみたいだなぁと思っています。

謝罪を終えて頭を上げると、そのオリヴァー殿下と目が合った。

「ちょうどいい。新しい聖女も連れて行こう。証人は多い方がいいだろう」

ん？　どういうことですか？

意味がわからず首を傾げた私に、俺様ソルはさらりと言った。

「そうですね、オリヴァー殿下。……セレナ、これから急ぎの会議だ。お前も来い」

「え、会議にも？　本当にでしょうか⁉」

目を瞬《しばたた》く私に答えてくれたのは、俺様ソルではなくて、オリヴァー殿下。

「それがいい。彼女のことは皆が知っているが、それでも一度『本当の聖女』として公の場で認識

させる必要がある」

そうして、足早に歩きはじめた。

俺様ソルとクラレンス様がサッとそれに続いたので、私も慌ててそれを追いかける。

みんな脚が長くて歩くのが速いです！

四苦八苦しながら何とかついて行こうと頑張っていると、集団の一番前――オリヴァー殿下から声が飛んできた。

「セレナ嬢。昨日、ココアはおいしかったか？」

「……！」

びっくりして、声が出ない。


――オリヴァー殿下も『クラブ・ピンクトルマリン』の常連さんなんだ。


私が三人に連れられてやってきたのは、大きな議場だった。

階段形式になっていて、前方が一番低く、後方が最も高い造りになっている。

ここ、何人が入れるのかな……ざっと数百人ぐらい？

とにかく私にはまったく縁がない場所に、ちょっと足が震えそう。

オリヴァー殿下には話しかけられないし、俺様ソルも今日はお仕事モードでいつも以上にピリピりしている。

となると、私の味方はいつものお方です！

「あのクラレンス様、私はここで何をしたらいいんですか？　こんなお堅い場所に連れて来られる覚えが全然ないのですが」

「すべてソル殿下とオリヴァー殿下が指示をくださると思います。セレナ嬢はその通りにしていれば大丈夫です」

「えっ？」

ますます意味がわかりません！

私が戸惑っている間にも、俺様ソルとオリヴァー殿下はずんずんずんずん前の方へ進んでいく。

待ってください、そんな前に座る……？

大声で止めたいけれどそれはできない。

だって、周りには国の要人たちがたくさんいるのだ。

顔はよく覚えていないけど……このおじさん感と重鎮っぽい雰囲気は、絶対にみんなえらい人な気がする。

キョロキョロあわあわしながらついていく私の挙動を不審に思ったらしいクラレンス様が、こちらを振り向いた。

そして人差し指を口に当てて『シーッ』のポーズをとりコクコクと頷《うなず》く。

間違いなく、絶対に喋《しゃべ》らないで、という意味だった。

わかりました。

息をしたまま黙ります。

とにかく、私は俺様ソルとオリヴァー殿下の言葉に従いつつ、何も喋らなければいいみたい。

何とか自分の立ち回りを理解できたところで、深呼吸をしてから席につく。

そうっと周囲を見回してみると、前列に空席があるのがわかる。

椅子が特別っぽい席は国王陛下と王妃陛下のお席なのかな。

そこから近い順にオリヴァー殿下、ソル殿下、私。

反対側には、クリストファー殿下とエリカ様が座っている。

せめて、エリカ様のぴんと伸びた背筋と澄ました表情を真似しよう。うん。

そうしているうちに、一気に空気が変わった。

議場に国王陛下と王妃陛下が入ってきたのだ。

ただでさえピリピリした空気だったのに、さらに緊張は高まる。

国王陛下は自分の席に座ることなく、前に立つといきなり本題に入った。

「今日、皆を緊急招集したのはモンレール王国から書簡が届いたからだ。ファリントン侯爵家の没落に関わる経緯を知ったモンレール国王が、事情を至急説明してほしいということでな」

その言葉がよほどショッキングなものだったのか、議場が一気にざわつく。

「モンレール王国は王妃陛下がお生まれになった国であり後ろ盾でもあるだろう」

「そのモンレール王国からの申し入れとは。慎重に対応しなければいけないのではないか」

「少なくとも知らぬ存ぜぬでは通せないだろう」

「そもそも、ファリントン侯の失脚の件は不透明な点もあると言ったじゃないか。強硬に対応しすぎたのではないか」

「ああ。今から見直しても遅くないのでは」

周囲から聞こえてくる声に、私は首を傾げる。

ええとつまり、既に国王陛下が決めたエリカ様のお父様の処分を甘くしろってこと？

そうモンレール王国が言ってきてる、って……？

私には政治のことはわからない。

でもちょっとおかしくないですか？


「――とんだ内政干渉だな」


俺様ソルの高圧的な声。

それがあまりに攻撃的な言葉でもあったので、議場は一瞬静まり返った後でどよめいた。

私の耳には「あれって空っぽと噂《うわさ》の第三王子だろう？」「最近、人が変わったように辣腕を振るっているらしいぞ」と聞こえてくる。

ええ、別の人格ですから！

でも、俺様ソルはこんなふうに反発を招くような発言をして大丈夫なの？

不安になった私に、真後ろに座っていたクラレンス様が小声で教えてくれる。

「モンレール王国は王妃陛下の出身国というだけでなく、この前訪問したベリムーズの街を思い出してもわかるように、我が国と密接な関係にある国です。ここに出席し政治的な駆け引きを行ういくつかの大貴族も何らかの関係を持っています」

「あ、だからここまでモンレール王国を大事にするんですね。王妃陛下に気を使うというよりは、自分がおいしい思いをするために」

「そうです。モンレール王国が言っているから、は無理を通したいときの言い訳のようなものと考えるといいでしょう」

「なるほど……」

クラレンス様が教えてくださったおかげでわかった。

つまりこれは。

「また、大貴族がこの国を牛耳ろうとしているんです。ファリントン侯が失脚し、ナーバナ王国が本来の在り方に戻ろうとしているのを止めようとしている」

クラレンス様の説明に、私はふむふむと頷いた。

難しいことはわからないけれど、今日はソル殿下にとって大事な会議になる気がする。

でも、このままだと国王陛下も大貴族に操られているか、もしくはただ王妃陛下の祖国に配慮しているということになるけど、いいのかな。

何ともいえない違和感に首を傾げていると、オリヴァー殿下が挙手をした。

「国王陛下、確認させてください。その書簡というのは、我が国の対応を非難する内容のものでしょうか？　事情を至急説明してほしい、にもいろいろあると存じます」

「いや、そうではないが……。モンレール王国は大切な隣国だからな。モンレール王国で個人的に勲章を受けていたファリントン侯が罪を犯し失脚した経緯について、どう説明すべきかと」

「『聖女』が我が国にとって特別な存在ということは向こうも承知のはず。その存在を危険にさらしたファリントン侯への処分は妥当です。それに、ファリントン侯の事件からは相当時間が経過している。今さら干渉してくるなんて、不自然だ」

オリヴァー殿下はぴしゃりと言い放った。

もともと切れ者というイメージもあるオリヴァー殿下の発言なら議場が騒がしくなることはない。

「だが、オリヴァー……」

「……というより、その書状は処分がファリントン侯だけで済んでいること自体に苦言を呈するものでは？」

ざわり。

国王陛下がオリヴァー殿下に返答しようとしたところで挟まれた俺様ソルの高圧的な言葉に、また緊張が走る。

そこでタイミングを推し量ったようにオリヴァー殿下が立ち上がった。

「ところで、おかしな話を聞いたんです。先日、弟が外国人街のあるベリムーズの街に行ったのですが。……そうだな、ソル」

「はい。側近と婚約者でもある聖女のセレナと三人で訪問しました」

「そこで何か変わったことがあったとか？」

「驚くべきことに、アーロン公とオルブライト伯の手のものに聖女セレナが誘拐されそうになりました」

「――何だと？　この国の聖女が？」

オリヴァー殿下の大袈裟《おおげさ》にも思える返答に、議場内に動揺が広がっていく。

えっと、今注目されているのは間違いなく私ですよね？

どんな顔をしたらいいのかわからなくて俺様ソルを見る。

けれど、涼しい顔で目を逸らされた。

裏切り者！

代わりに後ろのクラレンス様をチラリと見てみる。

人差し指を唇にあて、『シーッ』のポーズをしたままコクコク頷かれた。

わかりました、とにかく黙ります。

挙動不審な聖女の私を置いてきぼりにして、話は進んでいく。

「アーロン公とオルブライト伯は、現在謹慎中です。追って処分を申し渡すことになるでしょう。

――この件で問題なのは、このタイミングでモンレール王国からの書簡が届いたということだ」

「確かに、タイミングが良すぎるな」

「アーロン公とオルブライト伯の処分を軽くしろと圧力をかけているとしか思えない」

俺様ソルの言葉に「その二人の手のものだったという証拠はあるのか」という声が上がる。

それを、オリヴァー殿下が睨《にら》みつけた。

「私の弟の調査結果では不満だと言うのか？　それに本人たちも自白しているが？」

「その自白自体が脅されてだったとしたらどうなんだ」

うーん。こんな風に、モンレール王国を言い訳にして意見を通そうとする人たちの前では、たとえ現行犯逮捕でも理由をつけて逃げられてしまいそうな気がする。

だって、お話を聞いていると『権力をもっと自分たちに』という意志しか感じないんだもの。

できれば、絶対に言い逃れができないような証拠があるといいんだけどな。

証拠……証言……うーん。

あ、そうだ！

「はい！」

勢いよく手を挙げた私に、俺様ソルと背後のクラレンス様のぎょっとした気配がする。

向こう側に見えるエリカ様も心配そうなお顔をしていらっしゃる。

でも大丈夫です！

「聖女セレナ。発言を許そう」

国王陛下から許可をいただいた私は、意気揚々と話す。

「あの日、アーロン公とオルブライト伯が確かにベリムーズの街にいらっしゃったという証拠があります。二人の自白もありますし、その証拠があれば皆様も納得しますよね？」

「貴殿が見た、では証拠にならぬが大丈夫か」

「はい。証明してくださるのはモンレール王国の第九王女、ノエル様です。あの日、ノエル様は王族としてのおつかいのためベリムーズの街を訪問しておいででした。アーロン公とオルブライト伯にご挨拶をされたと確かにお聞きしました！　モンレール王国の王女様が証言してくださるのなら、さすがに信じてくださいますよね？」

私の言葉に、議場は一気に騒がしくなった。

どこかから大声が上がる。

「それなら王女様がここで証言してくれないと！」

「そうだ。そこの聖女様が言っていることがでまかせの可能性もある」

騒然としたこの場を鎮まらせたのは、意外な方だった。

「あら、聖女セレナ様はノエルと仲良しなのね。あの子は素直でかわいくて大好きなのよ」

扇でふふふ、と口元を隠しながらお話ししているのは王妃陛下だった。

あの、王妃陛下の祖国に媚《こび》を売ろうとしてこんなことになっているのですけれど、こんな感じなのですね？

ぽかんとした私に王妃陛下はにっこりと笑う。

「ちょうどね、モンレール王国から大事な姪《めい》っ子《こ》を呼んでいるの。セレナ様と遊びたいみたいだから、相手をしてくれるかしら？」

その瞬間、奥の扉が開いて光が差し込んだ。

「セレナさま！」

「ノエル様⁉」

そこから出てきたのはノエル様だった。

どうして⁉

全然聞いていません！

「この前、ベリムーズの街でおあいして以来ですね！　セレナ様、お元気でしたか？」

「ええ。ノエル様もお元気そうですね！　今日もかわいいです」

「あの日、アーロン公とオルブライト伯にごあいさつをしたあと、セレナさまにあえてうれしかったです」

「お一人で緊張されていましたものね！」

私たちのやりとりに、クラレンス様がコホンと咳払《せきばら》いをする。

いけない。ここは大事な会議の場でした……！

怒られるかもしれない、と思ったのはほんの一刻。

ニヤリと笑ったオリヴァー殿下が口を開く。

「これで証明されましたね。偶然にも、ノエル王女の兄はモンレール王国の王太子です。今回の書簡は二つの国の関係をより強固にするため、国内事情を引き締めよというメッセージに近いのではないでしょうか、国王陛下」

「うむ。確かにそうとしか思えんな。しかし……我が国ではどうしてこんなに面倒ごとが起こるのか。オリヴァー、お前には何かいい案はないか」

「はい、国王陛下。ここで、大幅な配置転換を要請します」

大幅な配置転換？

もしかして、ソル殿下はやっぱり僻地《へきち》のルーベルツ城行き⁉

いいえ、それは全然いいし付いて行きますけれど……。

でも、ソル殿下が国王になってナーバナ王国をハッピーエンドに導くっていうマリンちゃんの予言はどうなったの⁉

けれど、慌ててキョロキョロしているのは私ぐらい。

俺様ソルもクラレンス様もオリヴァー殿下もクリストファー殿下もエリカ様も、みーんな落ち着いた顔をしている。

ん？　もしかして、知らなかったのって私だけですか？

オリヴァー殿下から書類を受け取った国王陛下だけは、私と同じぐらい驚いていらっしゃるように見えた……かもしれない。

「これは……しかし……あまりにも」

うーん、やっぱり、声の硬さは否めない。

これって、王族関係の人はみんなが台本を知っている茶番、ってこと⁉

……と思いながら、私は急いで両手で口を押さえた。

いけない。今回だけは、思っていることを口に出したらいけない。

みんなの準備や努力が水の泡になってしまう。

目をぱちぱちと瞬く私の前で俺様ソルが声高らかに宣言する。

「皆の者。今、オリヴァー殿下が陛下に提出したのは新たな人事配置案だ。一部の大貴族については、長年王族をないがしろにしてきたことへの懲罰の意味合いを否定しない。しかし、いまのところ降爵や廃位は含んでいない。異論がある者は申し出ろ」

鋭く厳しい声色に、ざわざわしていた大広間はしんと静まり返ってしまった。

そっか。俺様ソルがやりたかったのって、こういうことだったんだ。
私の婚約者のソル殿下はとっても優しい。
いつも、傷つく人が出ないように最大限に配慮をしてふるまう人だ。
けれどそれだけに、厳しい判断はあまりなさらない……と思う。
俺様ソルはそれをわかっていて、自分が消える前にすべてを終わらせたかったんだ。
私たちの前から俺様ソルが消える日はきっと近い。
そんな予感に、私はしんみりしてしまった。
静まり返った議場内からは、不思議と異論の声は上がらなかった。

……それにしても、まるでモンレール王国のおまけかと思うほどの忖度《そんたく》っぷり。
ナーバナ王国っていろいろな意味でやばかったのですね！
知りませんでした！

その後、ソル殿下の執務室に戻った私は、俺様ソルとクラレンス様に猛抗議をした。
「もう！　どうしてこの茶番のことを事前に教えてくれなかったんですか！　突然連れて行かれた

上にあの展開じゃ、びっくりするじゃないですか！」

「お前は考えたことをそのまま口に出すことがあるだろう？　事前に話しておくにはリスクが高すぎる」

「たしかにそうですね⁉　正論すぎて悔しいです！」

俺様ソルが言うことは正しすぎました。

頷くしかできない私に、俺様ソルは表情を緩める。

「これでわかっただろう。俺たちの母親が、幼い息子に呪いをかけてまで後継レースから外そうとした理由が」

「……はい。正直、話を聞いていてめちゃくちゃだって思いました」

「国王は長いものに巻《ま》かれるタイプだからな。今回は根回しがうまくいったが、状況によっては協力を得られないこともある。ただ、今回は本物の聖女の存在がかなりプラスに働いたようだ。セレナ、お手柄だぞ」

「私、何もしていないですけど褒められた⁉」

ちょっとはしゃいでいると、クラレンス様も会話に加わった。

「後は、今回味方になってくださったオリヴァー殿下が今後どう動くかが鍵になりますね」

「――私の話か」

振り向くと、執務室の扉にオリヴァー殿下が寄りかかっていた。

私とクラレンス様はぴっと口を閉じると慌てて礼をし、俺様ソルはニヤリと微笑む。

「ええ、あなたの話です。これからも味方になっていただけると心強いが、容易ではないと踏んでいるところです」

「随分、私はかわいい弟からの信用がないようだな」

「事実でしょう」

俺様ソルの言葉に、オリヴァー殿下はプッと笑った。

「……先ほど、国王に後継レースからの二抜けを宣言してきた。少し遅くなった感はあるがな」

「オリヴァー殿下ならいつかそういう結論になると思っていた。でなければ、俺のことを『クラブ・ピンクトルマリン』に行かせたりしないだろうと」

ん。ちょっと待ってください？

ソル殿下に『クラブ・ピンクトルマリン』を教えたのって、オリヴァー殿下だったんですか⁉

そのことがきっかけで、私が本当の聖女だということがわかって、ソル殿下は真っ二つになり真実を知るきっかけになった。

え、オリヴァー殿下って何者なのでしょうか！

驚きで目を瞬いていると、オリヴァー殿下は不敵な笑みを浮かべた。

「何もしなければクリストファーが王太子に指名されるのは既定路線だった。ただ、あの気性ではどんなにうまく立ち回ったと思ってもいつまでも不安が消えない。それで、国一番と評判の高名な魔導師に相談した。彼女は国を変えるには第三王子を連れてこいと言った。その時点で、なんとなく自分の立ち位置は見えていた。私は野心はあるが、権力は欲しくない」

「オリヴァー殿下は陰で牛耳りたいタイプだと」

「ああそうだ」

自信たっぷりに笑いあう俺様ソルとオリヴァー殿下。

俺様ソルはソル殿下の別人格ではあるけれど、このお二人はやっぱり血のつながった兄弟なんだろうな。

だって、二人はよく似ているもの。

「セレナ嬢」

「はい！」

ぼうっとしていたところをいきなりオリヴァー殿下に呼びかけられた私は、背筋をしゃきんと伸ばす。

「聖女は王太子と結婚することが決まっている。私が後継レースから身を引くことを決断したのは、十年前にかわいい弟が自分の名誉と引き換えに聖女を守ったからでもある。それを忘れるな。尽くせ」

「はいっ！」

ここ最近で一番大きな返事ができた気がします。

それぐらい、オリヴァー殿下の言葉が心に響いた。

三兄弟、仲があまり良くないと思っていたけれど、それぞれにいろいろな思いがあったんだろうな。

私の返事に満足げに頷いたオリヴァー殿下は、執務室を出て行った。

それを眺めながら、俺様ソルに聞いてみる。

「オリヴァー殿下は、私が聖女試験に参加していたことや子どもの頃にソル殿下と仲良くなっていたことを、いつからお気づきだったんでしょうか？」

「俺としては流行り病の件からだと思っているが、真相はわからない。クリストファーと違って計算高い男だからな」

「確かにそうですねえ」

私はエリカ様のように頭はよくないし、機転も利かない。

けれど、あの方がこれからソル殿下の味方になってくれるのなら、これ以上心強いことはない気がする、うん。

そんなことを考えていると、俺様ソルに肩を叩《たた》かれた。

「大体が丸く収まったところで、お前には最後の仕事が残っているぞ」

「え？　お仕事ですか？」

私にできる仕事がここにあると？

首を傾げた私に、俺様ソルは壁にかかった一枚の絵を指差した。

ブリキのたらいに生《は》えた、ちょっと不格好な樹。

大きく青々と育ったそれは、太陽の光を燦々《さんさん》と浴びている。

——その樹の中央近くに、ちらりと赤いものが見えた。

「！　これは！」

「三つめの実だ。おまえが絵の中に入って採ってきてくれるんだろう？」

俺様ソルはいつも通り余裕の微笑みを浮かべている。

別れの時はもう、すぐ目の前まで来ていた。

【第七章】

絵の前に立ち手を伸ばして触れると、すぐに中に吸い込まれた。

いつもならテンション高く悲鳴を上げるところだけれど、どうしてもそんな気分になれない。

初めて姫リンゴを見たときにはあんなにワクワクして、俺様ソルがこの絵の中に入ったと聞いたときにはすっごく悔しかったはずなのに。

もっと楽しいものを期待していたけれど、実際にはちっとも楽しくない。

でも、絵の中は夢みたいにきれい。

太陽の光を反射する大きな樹の先には、想像もつかないほどに幻想的な世界が広がっていた。

「梯子《はしご》……」

いつのまにか、梯子が置かれていた。

この前見たときはなかったから、きっと実が生《な》ったことに気がついた俺様ソルが置いたんだ。

けれど、梯子を使うまでもなくて。

私が樹の下に近づくと、姫リンゴは勝手にすとんと落ちてきた。

「……もう採れちゃいましたね……」

手の中のリンゴをしげしげと見つめていると、頭上で大声が響いた。

「お前、何やってるんだ？　早く戻ってこい」

あ。ここは絵の中。

ちょっと感傷的になってしまっている私の行動は、全部俺様ソルに丸見えなのでした……！

諦めて絵の中から速やかに出た私は、姫リンゴを両手で差し出す。

「採ってきました、ソル」

「ああ」

俺様ソルの手が姫リンゴに伸びる。

後少しで触れそうになった、そのすんでのところで私はひょいと姫リンゴを持ち上げる。

「……何を？　遊びに付き合っている暇はないんだが」

「ででも、ほら食べる前に洗ったほうがいいかもしれないと思って！」

「これまでもそのまま食べてきた。何より、一度目のときに有無を言わさず俺の口に姫リンゴを突っ込んできたのはお前たちだろう」

そ、そうでした！

では……。

「このリンゴをお菓子にしてみるのはどうでしょうか？　最後のひとつなんですもん！　いつもと違う食べ方をしてみては」

「そんなことをして効果がなくなったらどうする気なんだ」

「えーと。それなら、この実を食べるのは明日にしませんか？　明日でもきっと食べられるはずですし！」

　往生際が悪い私に俺様ソルは呆《あき》れたようにため息をつく。

「さっきからお前は何を言ってるんだ。いい加減に覚悟を決めろ。チャンスは一度きりだとあの魔導師も言っていただろう」

「でも！」

　いつかはこの日が来るとわかっていた。

　でも、あまりにも急すぎます……。

　私の行動にいつも苦言を呈してばかりのクラレンス様も、今日ばかりは涙ぐんでいらっしゃる。

　そうですよね、寂しいですよね。

　クラレンス様が泣いていることに気がついたら、私だって目頭が熱くなる。

「せっかく、仲良くなれたのに……うわあああん」

「セレナ嬢……わがままを言わずにソル殿下をお見送りしましょう。私だって憧れの主君とお別れするのは寂しいですが、こうして……ううっ」

「あ、クラレンス様、泣いていらっしゃるじゃないですか！　私だけにわがままを言うななんてそんなのずるいです……！」

　すっかり本格的に泣き始めてしまった私とクラレンス様を見て、俺様ソルはふっと笑った。

それは、本当にいつも通りの笑い方で。

ずっと前から覚悟を決めていたんだなぁと実感させられる。

「……俺の役目は、多分二つあった。一つめは、地に落ちたあっちの俺の評価を取り戻すこと。もう一つは、鈍すぎる婚約者に気持ちを自覚させることだ」

子どもに優しく教え諭すみたいな感じで話す俺様ソルと、ハンカチをびしょびしょに濡《ぬ》らして号泣する私とクラレンス様。

俺様ソルが言っていることはわかるけれど、泣きすぎて言葉にならない。

「今日で俺の仕事は全部終わった。これ以上の長居はよくない。……もともと、俺とあっちの俺はひとつだ。完全に消えるわけじゃない。だからそんなに泣くな」

「……っ、はいぃ～」

確かにそれはその通りなのだ。

それに、俺様ソルがこう言っているのだから、私たちはこれ以上泣いちゃダメ。

笑顔で見送らなきゃ。

ハンカチが濡れてしまったので手のひらで涙を拭き顔を上げた私に、俺様ソルがぱちんと音をさせてデコピンをした。

「いっ、いたぁっ⁉」

「いいか。お前はちょっとバカだ。『ソル』とのことで困ったら、余計なことは考えるな。思って

いることをそのまま言え。そうすれば大体のことは解決する」

「バカって……酷いです！」

「本当のことだろう？」

そうして、俺様ソルはふわりと微笑んだ。

こんな笑い方、見たことがない。

そっか、俺様ソルもソル殿下だもんね。

腑《ふ》に落ちた瞬間、俺様ソルは姫リンゴを口に運んだ。

私とクラレンス様がお別れの言葉を伝える時間も与えてくれずに、しゃくしゃくとリンゴを咀《そ》嚼《しゃく》する音が部屋に響く。

本当に、俺様ソルらしい別れだった。


――数秒後。

リンゴを飲み込んだ『ソル』の顔には、見慣れたいつもの優しい表情が戻る。

「……セレナ、大丈夫？」

「だだだだだっ、大丈夫です！」

今私の目の前にいるのは、『ソル殿下』でも『俺様ソル』でもない、本当のソルだと思う。

だから、泣き言を言ったら叱られる。

つい数秒前まで私と一緒に号泣していたはずのクラレンス様も、同じことを思った様子だった。

「ソル殿下！　ご体調はいかがですか」

いつも通り、きちんと有能な側近に戻っている。

そう。私たちには、いつもの日常が戻ってきた。

そして『ソル』も子どものころに、お母様に呪いをかけられたとき以来の本当の自分に戻ったのだ。

これはいいことに違いない。

「うん。問題ないよ。なんだか力がみなぎっている感じがする。きっとこれは魔力だね。うん。懐かしい感じがする」

ソルは自分の手のひらを見つめながらしみじみとしている。

その後で私に向き直った。

「セレナ。向こうの僕と仲良くしてくれてありがとう。いま、すごく不思議な感じがするんだ。セレナがアホかわいく見えるっていうか」

「〝アホかわいく見える〟」

思わず復唱してしまった。

待って？

私が知っている優しいソル殿下とちょっと変わっている気がします？？？

「一応言うけど、僕はいままでにセレナのことをアホだなんて思ったことないんだよ？　これって不思議だよね」

「「！」」

ソルの言葉に、別れを引きずっていた私とクラレンス様は顔を見合わせて笑った。

「ふふっ。それは、『俺様ソル』ですね！」


その後。久しぶりにゆっくりお茶でもしましょうか、ということになった。

クラレンス様がお茶を淹《い》れに執務室を出ていくのを見送ってから、ソルがにっこりと笑う。

「さて。セレナにはいろいろと聞いてみたい話があるんだ」

「？　何ですか？」

もしかして『ざまぁ』の続きですかね。

「このまえ、泣いていた理由をセレナの口から聞きたいんだけど」

んんんんん？

確かに、少し前『ソル殿下』に側室ができることを想像して泣いてしまったことはあります。

でも、そのときは泣く寸前のぎりぎりのところで俺様ソルに入れ替わり、泣いているところを見られずに済んだはずなのですが……⁉

意味がわからない私は、ポカンと口を開けた。

けれど、ソルが続けたのはさらに衝撃的な言葉。

「隠していてごめんね。表に出ていなくても、意識はあるんだ。だから、セレナが向こうの僕に話していた内容は全部知ってる」

「！？！？！？」

待ってください！

う、うそ……⁉

私、俺様ソルにいろいろな相談をしていた気がします！

会えるとうれしいのに逃げたいとか、ドキドキして何も手につかないとかその他いろいろ！

「あれを全部聞いていたんですか……そして、どうして途中で教えてくれなかったんですかぁ」

もう恥ずかしすぎて死にそう。

「ちなみに、意識の中では向こうの僕との会話もできていたんだよ。『俺様ソル』が楽しそうで僕もうれしかったな」

「そうだったのですね……」

羞恥で顔を真っ赤にした私に、ソルは少し近づいた。

んっ……なんでしょうか？

「それで、泣いていたのはどうしてだったの？」

まだ聞くんですか！

前だったら、私が困ったらきっとすぐに引いてくれたのに。

これが本当のソルなんだろうな、うん。

でも、泣いていた理由を自分で話すのは絶対に嫌です。

「全部見ていたくせに、わざわざ言わせるのはひどいと思います！」

「あはは。そうだね」

そう言うと、ソルは指で私のおでこに触れた。

そして、額にキスを落とす。……って、えっ⁉

びっくりした私は、言葉が出ない。

けれど、ソルはそんな私の様子を楽しんでいるみたい。

前の『ソル殿下』なら一緒に頬を赤らめてくれたはずなのに！

完全にキャパオーバーして身動きすらできない私に、ソルは耳元で囁《ささや》いた。

「まぁ、今日のところはここで許してあげる」

「……！」

口をぱくぱくさせている私は、言葉を発することはおろか息すらできない。

これは、きっとまた近いうちに気絶するのではないでしょうか⁉

エリカ様が育てたドリアンの香りとおでこへのキスの感覚が同時に脳裏によみがえって、私はこの上なくクラクラしたのだった。

【エピローグ】

それから三年。

王宮の一番奥は、王族だけが立ち入りを許される特別な居住棟になっている。

その二階部分の角に私の部屋はあった。

びっくりなことに、このお部屋がめちゃくちゃ広いのです！

衛兵さんが立つ一つめの扉を抜けると来客用のサロン。

その先に、ありえないほど広い居室と同じぐらい広い寝室。

寝室には何度転がっても落ちない気がするおおきーいベッドのほか、身支度用の豪華なドレッサーと巨大すぎるクローゼット！

このクローゼット、どれぐらい大きいのかというと、オルレアン伯爵領にある私のお部屋がすっぽり入ってしまいそうな大きさ！

「ここが私のお部屋だなんて、何かの間違いでは？」

思わず本音を漏らした私に、髪を梳《と》かしてくださっていたアリエル様がけらけらと笑う。

「セレナ様はまだそんなことを仰っているの？　『王太子妃の聖女様は質素倹約、しかも遠慮深い』って有名になっているけれど、噂話《うわさばなし》がここまで当たっているのも珍しいことですわ」

「だって」

反論しようとした私に、アリエル様はずいと顔を近づける。

「あら！　セレナ様はこれから王太子の座に就かれたソル殿下のお妃様になるのよ！　もう少し身の回りの物をおねだりしてもいいと思うわ！」

「おねだり……」

あまり馴染《なじ》みのない言葉です！

私の夫となる人、ソルがもう一人の自分の力を借りて大規模な配置転換を実現してから三年。

ソルは国内外で能力を認められ、マリンちゃんの予言通り王太子の座についた。

あまりにもトントン拍子で物事が進んでいてドキドキします。

「いいえ！　国のおかげで我が家の借金はなくなりましたし、これ以上のおねだりなんてできません！」

「そうかしら？　昨秋豊作でこの国が潤っているのは、聖女セレナが本気でお祈りをしてくれたからだって城下では評判よ？」

「国民が潤っているのはうれしいことですね！　でも、浪費をするとすぐにオルレアン伯爵家のようになってしまいます！」

私の脳裏には、キャバクラ遊び好きのおじいちゃまと、絵画や骨董品《こっとうひん》の収集癖があったという、ひいおじいちゃまの顔が浮かんだ。

私はあの血を引いている。

ナーバナ王家を破産させてはいけない、うん。

そして今日は私とソルの結婚式。

大きなクローゼットの前には、オルレアン伯爵領の領民の皆さんが仕立ててくれた純白のウエディングドレスが飾られていた。

「すごいですわねえ。領民がお金を出しあってウエディングドレスを仕立てるなんて、ナーバナ王家史上初めてだと聞きましたわ？」

「なんか、領地の皆さんにとって私は孫みたいなものなのだそうです」

「孫？」

「そうです、みんなの孫」

「ふふふ」

私の言葉にアリエル様は笑ってくださった。

そうしてドレスを着るのを手伝ってくれながら、とっても残念そうにしている。

「それにしても、王族の結婚式って当人たち以外は立ち入れないのですよね。せっかくきれいに着飾ったのに、皆に見てもらえないなんて！」

「でも夜会では、アリエル様が贈ってくださったドレスを着ますよ？　クリストファー殿下も一目《ひとめ》惚《ほ》れした、『シェリル』になれるあのドレスを！」

「すごく楽しみですわ」

アリエル様の優しい微笑みに、少しだけ緊張していたのが解ける。

大好きな親友に支度を手伝ってもらえてよかった！

本当に幸せな気持ちで、私は部屋を後にしたのだった。

ナーバナ王国の王族の結婚式は『祈りの塔』で行われるのがしきたりらしい。

祈りの塔といえば、私が毎朝お祈りをする場所ですね！

ソルと二人で祈りの塔に足を踏み入れた私は、いつも素通りしている泉の前で立ち止まる。

「この泉に向かって宣誓を交わすのでしたっけ？」

「ああ、そう言われたね」

「どんなふうにすればいいのでしょうか？」

「正解を知っている人間がいないんだよね。王族の結婚式は本人たち以外立ち入り禁止だから」

「ですよねぇ」

結婚式だというのに、私たちの会話は何だか色気がない。

けれど、祈りの塔は少しだけ結婚式仕様になっている。

浄化され清められた空気と、あちこちに飾られたお花がとってもきれいです！

それらを眺めていると、ふいにソルが泉に手をかざした。

すると、泉がキラキラと輝き始める。

「わあ！」

「セレナも手をかざしてみて」

「こうでしょうか？」

私も真似をして手をかざしたその瞬間、一気に光は強まって閃光《せんこう》になった。

窓から差し込むわずかな光だけで照らされていた塔の中が、真っ白く、明るくなる。

光が外にも届いたのか、扉の外でワッという歓声が聞こえた。

「もしかして、結婚式ってこれで終わりなんでしょうか？」

「そうみたいだね」

私が知っている恋愛小説では、誓いの言葉とかいろいろあった気がするのですけど！

まぁいっか。

いろいろ覚えなくていいし、簡単ですもんね！

「セレナ、これ見て」

そう言いながらソルが見せてくれたのは、碧《あお》い石がついた指輪だった。

左手の薬指にはめられているけれど、さっきまでなかった気がするような……？

「いつの間に？」

「セレナも自分の手を見てみて」

「わあ!?」

私の指にも、確かに同じものがはめられています！

これが、精霊さんの前で宣誓を交わしたという証なのですね！

「それにしても、精霊は気が利くのかな」

「確かに」

この指輪の石は、きれいな碧色をしている。

それは、私たちの繋《つな》がりだったあのネックレスの碧い石とよく似た色で。

空想の世界のお話が大好きな私としては、運命すら感じてしまった。

「セレナ。まさか、セレナと結婚できる日が来るなんて思わなかった」

「私も、まさか子どもの頃に聖女試験で出会った大好きな人と結婚する日が来るなんて思いもしませんでした！」

泉の前で手を取り合った私たちは、自然と誓いの口づけを交わす。

これ以上なく満たされた、幸せな感覚。

おとぎ話のハッピーエンドってきっとこういうこと。


夜に開かれた結婚を祝う夜会は、相当に華やかなものだった。

王宮で一番大きい大広間に、たくさんのお客様……！

「目が回りそうです、ソル、助けてください」

「大丈夫？　しっかりつかまっていて」

ソルからエスコートされる……というよりは、まるでしがみつくようにして何とか踏ん張って立つ私。

早く解放されたいです！

そんな私に声をかけてくださったのは、クリストファー殿下とエリカ様。

「ソル、セレナ嬢。おめでとう」

「お二人とも、今日のお姿はいつにもまして素晴らしいですわ」

「ありがとうございます、兄上」

「ありがとうございます、クリストファー殿下、エリカ様」

お二人は一年前に結婚式を挙げた。

相次ぐ王族の結婚に、ナーバナ王国はすっかりお祭りムードです！

あの大きな会議の後、意外なことにクリストファー殿下は地方の城主として生涯を過ごすことを申し出たらしい。

けれど、これまた意外なことにソルがそれを断固拒否！

ということでクリストファー殿下は普通に王宮でお過ごしになっていて、エリカ様は変わらずに私のお茶会友達でいてくださっている。

ちなみに、いろいろと足りない私の王妃教育の先生はエリカ様。

けっこうなスパルタ教育を施してくださるエリカ様のおかげで、私も五年後……いや十年後ぐらいには立派な淑女になれている気がします？

日頃のレッスン風景を思い出して少しだけ縮こまった私に、エリカ様が聞いてくる。

「セレナ様。次はいつ『クラブ・ピンクトルマリン』に行かれますか？」

「そうですねえ。来週はどうでしょうか？」

「わかりました。そのときに友人を連れて行きますわ！　どうしてもマリンちゃんに会ってみたいという友人がおりまして」

「まあ！」

あらたな『クラブ・ピンクトルマリン』仲間誕生の予感に、私の鼓動が高まる。

魔導師をやめたマリンちゃんは、魔女としてあのお店を続けている。

ここ最近さらに大人の魅力が増したと、『クラブ・ピンクトルマリン』は毎日大盛況。

ナーバナ王国が正しい方向に向かいつつあることもあって、個室で内緒話をする貴族もあまりいなくなったんだとか。

うーん。考えていたら、マリンちゃんに会いたくなってきたな。

「それならこの後会いに行こうか？」

ソルが私の顔を覗《のぞ》き込んできた。

あ、また思ったことをそのまま口にしてた！

「もう、セレナ様。そういうのはいけませんわ」

「申し訳ございません、エリカ先生！」

私はいつものレッスンのときと同じように頭を下げる。

思ったことをそのまま喋《しゃべ》ってはいけない、は日頃の王妃教育でエリカ様から口を酸っぱくして言われていることで。

でも、結婚式当日もやっぱり失敗してしまいました！

「頑張って気をつけていたのに！」

「いえ、セレナ様、そういうことではないのですわ。今夜は結婚式の日の夜ですし、ソル殿下とお二人で……」

「そういうこと？　ん？　結婚式の日の夜は皆で過ごすのも楽しいと思います！」

「いえ、あの」

少し慌てた様子のエリカ様に向かい首を傾げると、背後でクラレンス様がため息をつきソルが噴き出すのが聞こえた。

「ん？　ソル、私何かおかしいことを言いましたか？」

「ううん、何も。いいね、この後皆でお出かけしようか？」

「はい！　いざ、『クラブ・ピンクトルマリン』へ！」

その数時間後、深夜の『クラブ・ピンクトルマリン』を訪問した私は、マリンちゃんからエリカ様が慌てていた理由を事細かに聞かされ、絶句し、赤面し、平身低頭でソルに謝罪することになる。

いつでも私の話を聞いてくれて、大事にしてくれるソル。

自分を犠牲にしても、私が穏やかな人生を選べるように導こうとしてくれたソル。

私は、訳ありでとっても素敵な王子様に溺愛されているみたいです。

落第聖女書き下ろし番外編「夢の中とハッピーエンドの先のお話」

私とソル陛下が物語みたいに幸せなハッピーエンドを迎えてから、しばらくの年月が経ったある日のこと。

「あー！　よかった！　一時はどうなることかと思ったけど、ちゃんとハッピーエンドだった！」

私は、寝る前に読んでいた小説を枕元に置いた。

それは、この前こっそり訪問した古物商で手に入れた小説『処刑王女は死に戻って破滅フラグを折り続ける』。

タイトルそのまま、濡れ衣を着せられて処刑された王女様が二度目の人生を爽快に生きながら破滅フラグを回避していくお話！

だめだめな婚約者に婚約破棄を言い渡して、自分を嵌めた人たちを拳でぶっとばして、最後には自分が女王になっちゃうのが本当に素敵だった！

ただ、死に戻った主人公は呪われているっていう、少しだけ不気味な雰囲気がある本だったけど……それでも楽しかったな。

もし私がこの主人公と同じ立場になったら、ほぼ間違いなく破滅フラグを回避できない気がするけどね！

私は学校での成績がBマイナスだったし、ちょっとお馬鹿だし……。

まぁ、こういうのはお話の世界だから楽しいんだよね！

私には無理無理！

そんなことを考えながら、私はいつも通り健やかに眠りについたのだった。

◇

……冷たい。

気がつくと、私は誰かの執務室で丸テーブルを囲み、お茶をしていた。

目の前には美しい王子様。

銀髪にも見えるプラチナ・ブロンドに紺碧《こんぺき》の瞳。

完璧なお顔の作りは、まるでソル陛下みたい！

でも、なぜか水が滴っていて謎でしかない。

あー、だけど、美しい人が濡れていると何というか……刺激が強い？　色気だだ漏れっていうんだっけ？

そんなことを思っていると、王子様はにこやかに発言した。

「だから、『ざまぁ』してほしいんだ」

「ぷはっ」

そのやりとりとともに、また水滴が飛んでくる。

どこかなつかしい感覚に、ついさっき私が冷たいと感じたのは、この水滴——隣に座っている男性が噴き出した紅茶だったのだと気がついた。

あれ？　あれ？　おかしいな。

このやりとり、遠い昔にもしたことがあるような……。

というか、さっきソル陛下に似ていると思ったのだけれど、これはもしかしなくても、今私の目の前にいるのは、王子様時代のソル殿下？？？

そして、隣で盛んに咽《む》せているのは側近のクラレンス様でしょうかね？？？

なんでこんなことになっているのか全然わからないけれど、とりあえず私はクラレンス様に向かってハンカチを差し出す。

そして流れで問いかけた。

「ソル陛下。また『ざまぁ』してほしいってどういうことですか？　まさかあのとき、私がうまく『ざまぁ』できなかったのを根に持っていらっしゃったんですか……⁉」

けれど、答えたのはクラレンス様だった。

「えっ、セレナ嬢は既にソル殿下から『ざまぁ』を頼まれて実行していらっしゃったと⁉　聞いていませんが。というか、敬称間違ってますよ。クリストファー殿下に聞かれでもしたら大変です」

「へ？」

想像とは違う方向に話が進んだので首を傾げると、クラレンス様は私のハンカチで顔をふきふきしながら怒ったように続ける。

「まず、第三王子であるソル殿下がそんな下品な言葉を覚えて使うなんて言語道断です。婚約者のセレナ嬢も、妙な相談を受けたのであれば私に報告するべきでは。敬称については……まさかお馬鹿なあなたにここから教えないといけないんですか」

「「え？」」

間抜けな声を出したのは私だけじゃなかった。

なぜか、私と一緒にソル殿下まで驚いている。

「セレナ……どうしてこの話を知っているの？　『また』ってどういうことかな」

「え？　ソル殿下が『クラブ・ピンクトルマリン』のマリンちゃんを好きになってしまったことですよね？　だって」

そこまで口にしたところで、ソル殿下とクラレンス様の目が泳いでいるのがわかった。

あれ？　おかしいですね？

私は普通に会話を進めていたけれど、考えてみたら、目の前にいる二人は懐かしい外見をしたソル殿下とクラレンス様で。

それを踏まえると、私がこの会話に乗っているのもおかしな話だ。

早々と理解の範疇を超えてしまったので、首を傾げたまま両手で頬をぎゅっと掴んで引っ張ってみた。

「痛い！」

しっかり痛いです！

え、夢なら痛くないんだよね？　でも、夢の中で頬を引っ張ったことがないからわからない！

「クラレンス様、夢の中で頬を抓《つね》ると痛いですか？」

「痛かったです」

「わぁ、抓ったことあるんですね！」

「ソル殿下をお守りするために一通りのことは済ませましたから」

「なるほど」

クラレンス様の変わらない忠誠心を前に、思わず感心してしまう。

てことは、これはなに……？

首を元の位置に戻し終えた私は、ハッと気がついた。

これ、もしかして寝る前に読んでいた小説と同じ『死に戻り』では⁉

でも私って死んだの？

ううん、健やかに眠りについたはず。つまり私は死んでない。

ということは、これは夢！

ソル殿下とクラレンス様と一緒に『クラブ・ピンクトルマリン』へ行って、ソル殿下にかかっている呪いを解く夢なんだ。

つまり、私が何をすればいいのかはもうわかりました！

できないと思ったけど、いざとなるとワクワクしちゃうよね！

「私、頑張って破滅フラグを回避しますからね！　ソル殿下、クラレンス様、頑張りましょうね！」

思わず立ち上がり叫べば、二人はぽかんと口を開けたのだった。

その後、『マリンちゃんを好きになってしまった』『スキャンダルを起こして自分の評判を地に落としたいから、「ざまぁ」に協力してほしい』と告げてきたソル殿下のお願いを、私は二つ返事で承諾した。

ソル殿下は目を丸くしていたし、クラレンス様はちょっと青ざめていたけれど、これは二度目ですから！

まぁ一度目のときも前のめりで承諾した覚えはあるけど……。

でも、大人の社交場『クラブ・ピンクトルマリン』に行ってみたかっただけのあの頃とは違って、今回はきちんと目的をわかっているんだから！

クラレンス様は『こんなにセレナ嬢の理解が早いなんて初めてです。一体どういうことですか』と怪訝そうにしていたけれど、気にしない。

だって、私は寝る前に読んでいた小説のように破滅フラグを回避するんだから！

ということで、参考資料と称した恋愛小説を大量に持ち帰った私は、読書に勤しんでいた。

「わぁ、懐かしい。そうそう、この本人気だったんだよね！」

「セレナ様。甘いホットミルクはいかがですか？　そんなにお勉強をされてどうなさったのでしょう？」

見ると、メイドがトレーを片手に部屋にやってきていた。

たしかにその通り。

恋愛小説の山を前に何やらメモを取っている私は、お勉強をしているようにしか見えないですよね！

ふふん。ですがちょっと違うんですよ……！

不思議そうな顔をしているメイドに、私は得意になった。

「私はね、破滅フラグを回避することにしたの！」

「破滅フラグ？」

「そう！　まずは手始めにソル殿下のお願いを叶えなくっちゃ！　それこそが私の生きる道なんだから」

「よくわかりませんが、セレナ様がこんなに熱心にお勉強をされているのは、学校の卒業がかかった重要な試験前以来ですね。もちろん、いつもお勉強は頑張っていらっしゃいましたが……」

わぁ。夢の中なのに『どんなに真面目に勉強しても成績がBマイナスだった』っていう事実は変わっていないみたい！

夢の中ぐらいいい思いをさせてほしいけど、まぁ、事実だし仕方がないよね。

そんなことを考えながらホットミルクを受け取ると、メイドは私のメモを覗き込んで怪訝そうにした。

「『ざまぁ』、ですか……？」

「えへへ、こんな言葉わからないよね」

「いいえ。私も知っていますわ。……ですが、一体誰に『ざまぁ』を？」

「……うーん。誰でしょうね……」

さすがに婚約者に『ざまぁ』をすると答えるわけにはいかなくて、私は目を泳がせた。

けれど、メイドは真剣に考えてくれた。

「もしよろしかったらなのですけど……。セレナ様は普段質素なドレスをお召しですよね」

「お下がりのツギハギドレスってはっきり言っていいんだよ？」

「はい、ではそのお下がりのツギハギドレスでお茶会やパーティーに出席してはいかがでしょうか」

「え？　私、いつもそんな感じだけど……」

「いいえ、もっとあからさまなドレスにするんです。そしてその、『ざまぁ』をしたい方にご挨拶をすれば、相手はきっとセレナ様を悪く言うはずです。そこに婚約者のソル殿下をお呼びすれば、定番でありつつも自らの手を汚さない上品な『ざまぁ』になるのでは、と」

「あーっ、そのパターン！」

定番で上品な『ざまぁ』かっこいいですね？

実際にそんな出来事があった気もするけれど、今となってはもう思い出せない。

でも、ざまぁしたいのがソル殿下本人じゃその案は使えないかな……？

と思ったところで、はたと閃く。

ん？　お茶会、評判を落としたい、ツギハギドレス、婚約者を使った上品な『ざまぁ』、『クラブ・ピンクトルマリン』……。

キーワードをぐるぐると繰り返した私は、ガタンと立ち上がる。

これは、アレンジしたら上手い案になるのでは⁉

そう思った私は、早速ソル殿下に『明日、婚約者のセレナ・オルレアンが面会に参ります』というお手紙を送ったのだった。

翌日。

ソル殿下のお部屋を訪れた私は、くるくると細く丸めて持っていた大きな紙の一辺をクラレンス様に手渡した。

自然にその端っこを持ってくださったクラレンス様に心の中でお礼を述べながら、もう一方の端っこを持って、その大きな紙を広げた。

「じゃーん！　題して、『ソル殿下、女性の趣味が悪すぎ作戦』です！」

「大きな紙を持ってきたと思ったら、一体何を考えているんですか？」

わぁ。このクラレンス様の突っ込みが懐かしい。

最近ではあまり厳しく突っ込んでくれないもんね……。もちろん、夢じゃなくて現実の世界のことだけれど。

こんなやりとりにすっかり慣れている私は、ソル殿下に向かって紙の内容を指差す。

これは、徹夜して作ったイラスト付きの資料なのだ。

「先日ご所望だった『ざまぁ』に関する作戦です！　ぜひ私の話を聞いてくださいませんか？」

「ああ、もちろんだよ。セレナがどんな案を考えてくれるのかなって期待してたんだ」

ソル殿下が私に向けてくる笑顔はキラッキラ！

現実の世界でもいつも優しい笑顔だけれど、この王子様なソル殿下時代のお顔は懐かしすぎて、ついつい見惚れてしまう。

おっといけないいけない、未来の自分の旦那様に見惚れている場合じゃなかった。

私は破滅フラグを回避するんだから！

ということで、早速説明を始める。

「今度、ソル殿下のお名前でお茶会を開きましょう。舞踏会では事が大きくなりすぎますので、お茶会ぐらいがちょうどいいです。目的は噂を広めてソル殿下の評判を落とすことですから！」

「へえ。セレナ、数日会わない間に随分鋭い意見を出すようになったね」

現実の世界では、普段は王妃としていろいろやっていますからね！

王子様なソル殿下に褒められて上機嫌になった私は意気揚々と続けた。

「ソル殿下はそこで、ツギハギドレスを着た私と、『クラブ・ピンクトルマリン』のマリンちゃんの二人をエスコートして登場するんです。でもそれだけです。特別なこと他に何もしなくていいんです」

「……なるほど。ソル殿下が極端な外見をした女性二人を連れて歩いているところを見せて、周囲に想像させるということですか。その一人が婚約者であるセレナ嬢なら、面白いほど話題になる」

「はい！　その状況なら、特別なことをしなければマリンちゃんに不名誉な噂が流れることはないかと思います。普段『空っぽの王子』などと呼ばれながらも、ソル殿下には女性絡みの醜聞はありませんから。しっかり、ソル殿下の評判だけが地に落ちます！」

「確かにその通りですね。人前でのパフォーマンスとしてはそれで十分です。セレナ嬢、いつの間にこんなことを考えられるようになったんですか」

あっ！　まさかの一発オッケー……⁉

クラレンス様の前向きな言葉に喜びかけたけれど、ソル殿下はそうでもないみたいだった。

「うーん。それじゃあ、セレナの評判まで落ちる可能性がある。その案はちょっと難しいかな？」

「いえ、私の評判なんて気にしなくていいんです」

だって夢ですしね！

「いや、気にするよ。ただでさえ『空っぽの王子の婚約者』になってしまったんだ。僕がマリンちゃんと添い遂げられることになった後が心配だ。だからダメだよ」

「……そんな……」

そういえば、ソル殿下が『ざまぁ』してって言いだしたのは、貴族令嬢である私に傷をつけず、円満に婚約解消したいっていう事情もあったんだっけ！

私はソル殿下が『マリンちゃんを好きになった』こと自体が嘘だと知っている。

本当はこんなにまどろっこしい作戦は取りたくないのだけれど……。

そんなことを考えながら、私は美しいお顔に影を落とすソル殿下の手を取った。

「!?　セレナ!?」

そうして、驚いたように頬を染めたソル殿下に向かって告げる。

「私だって、ソル殿下があからさまに『ざまぁ』されるところは見たくないんです！　まずはこの作戦を実行してみてくださいませんか？」

「セレナ……」

さっきまでにこやかだったソル殿下が唇を噛んでいる。

私の未来の旦那様、真剣に悩んでいてもかっこいい！

そういえば、この頃のソル殿下は私のためにいろんなことを考えてくれていたのだった。

それを思うと、胸がぎゅっとなる。

現実世界でのソルはもう『ソル陛下』だ。

たくさんのものを背負って、国民を第一に考えていらっしゃる。

今、彼がそういうふうに振る舞えているのは、間違いなく資質があったからだ。

私のことも、どうするのが一番いいのかとても大切に考えてくれていたんだろうな。

この頃のソル殿下がどんな思いを抱えていたのか、なんとなく思い浮かべてみたことはあったけれど、能天気だった私はそこまで深く考えたことはなかった。

守るべきものがたくさんできた今は、少しずつやっとわかるようになってきた。

いろんなことを想いながらソル殿下の手をぎゅっと握った私は、きっぱり伝える。

「そして、この作戦は『クラブ・ピンクトルマリン』に行ってマリンちゃんの協力を得られることが最も重要です」

「セレナ嬢、ただキャバクラに行きたいだけでは？」

「その通りだけど、違います！」

途中入ったクラレンス様からの図星すぎる突っ込みに応じながら、続ける。

「ですが、ソル殿下が『ざまぁ』されたいのと同じように、私も破滅フラグを回避したいんです！　協力してください」

「は、破滅フラグ……？」

真剣な空気が漂っていた執務室に、ソル殿下とクラレンス様の気の抜けたような声が響いたのだった。

数日後の夜、馬車が到着したのはお馴染みのトウプ通り。

現実世界でもよく遊びにくる場所だけれど、ここは夢の中。

ソル殿下に『ざまぁ』を頼まれた頃の『クラブ・ピンクトルマリン』だと思うと新鮮でドキドキする！

ちなみに、さっき『破滅フラグ』という言葉をうっかり使ってしまった私は、全力でごまかした。

一階にはいつも通り店じまいが済んだ薬屋があって、地下へと続く石畳の階段の先に『クラブ・ピンクトルマリン』への扉がある。

えへへ、マリンちゃん、元気かな？

今のマリンちゃんも大好きだけど、この頃の神がかった美しさのマリンちゃんにまた会えるのはうれしいな。

わくわくしながら先導して階段を降りていると、ソル殿下が聞いてくる。

「セレナ、もしかして前にも来たことがある？　流れるように階段を降りてるけど。それに、もっとはしゃぐと思ってたのに随分落ち着いているね」

「そそそそそんなまさか！」

しまった！

そういえば、初めてここを訪れたとき、私は大興奮して大声を張り上げ、クラレンス様に叱られたような……。

えっ、ソル殿下の考えをわかっていると疑われないよう、もう一度やり直した方がいい⁉

と頭を抱えかけた私の後ろで、扉が開く気配がした。

思わず振り向けば、大きなルビーのような瞳を色っぽく眇《すが》め、腕組みをしたマリンちゃんがいた。

あいかわらずセクシーな格好をしていて、スタイルも抜群で、とってもかっこいい。

つい見惚れてしまった私にクラレンス様が聞いてくる。

「この方と並んでお茶会ですよ。行けますか？」

「無理です」

昔も似たようなやり取りをした気がするけれど、今、私は自分が立てた作戦を猛烈に後悔していた。

だって、このマリンちゃんと一緒にソル殿下を真ん中に挟んでお茶会って……どう考えても公開処刑すぎませんか？

お茶会の日までに夢から醒めたい！

でも破滅フラグも回避しなきゃ！

頭の中が騒がしくなっている私の前に立ったマリンちゃん。

夢の中では初対面のはずなのに、なぜか意味深な視線を向けてくる。

「いらっしゃい。なんだか不思議なオーラを纏っていると思ったら……オルレアン伯爵家のお嬢様？　いや、違うね。……なるほどね」

なるほどね、ってどういうことですか？

とりあえず、私たちはお客さんとして『クラブ・ピンクトルマリン』に潜入することに成功したのだった。

「うっ。やっぱりココアなんですか！」

しっかりお客さんとして訪れたはずだったのに、私たちが案内されたのはカウンター席だった。

華やかなホールから離れた場所に設置されたカウンターの中ではマリンちゃんが妖艶に微笑んでいる。

当然、他のキャストはいなくて、私たちだけ。そして目の前にはココア。

ココアはともかくとして、前はＶＩＰルームに案内してくれたのに！

何回も通わないとだめってことですかマリンちゃん！

そんなことを考えていると、マリンちゃんは徐《おもむろ》に切り出した。

「少し前、アタシは魔導師としてこの王子様の相談に乗ってあげたんだ。将来についてすごく悩んでいるみたいだったからね」

「ソル殿下が、魔導師に将来の相談を……？」

マリンちゃんの言葉にクラレンス様はとても驚いている。

クラレンス様はソル殿下が王子様だった頃からずっと側近だったもんね。

それが、自分じゃない人に重要な相談をしていたって知ったらびっくりするよね、うん。

ソル殿下もそれはわかっているみたいで、気まずそうに頷いた。

「そうなんだ。特別な力を持った魔導師に相談したいことがあって」

「アタシにしてみれば『やっと来たか』って感じだったけどねえ。王子様の噂は聞いていたけど、いくら真っ二つにしたとは言っても持っているものは隠せないみたいだねえ」

ん？　くすくすと笑いながら告げてくるマリンちゃんに、私は首を傾げた。

あれ。これって、ソル殿下とお母様のお話になってない？

マリンちゃんが『ソル殿下が将来国王になる』って予言したのを危惧したお母様が、能力が真っ二つになるお薬を飲ませたっていう……。

どうしてこんな話になったんだろう。

あれ、今日はここにきてマリンちゃんに『ざまぁ』のお手伝いをお願いするんじゃなかったっけ？　一緒にお茶会に出てください！　って。

そして、破滅フラグを回避するんじゃなかったっけ？　破滅フラグを回避して目指せハッピーエンドです！

それなのに、なぜこんなにクライマックスみたいな展開になっているの……？

そう思い始めた私に、マリンちゃんはココアのおかわりを注いでくれた。

なみなみとカップを満たすココアはとってもおいしい。

この状況に疑問が芽生えていたものの、とりあえずふうふうと吹いてココアの甘さを味わう私に向け、マリンちゃんはカウンター越しに顔を寄せる。

「聖女セレナ。アンタはすっかり忘れちゃったのかい？　アタシがみんなの心の中を読めるってこと。アンタはいくつになっても心のガードが甘いね。そんなんで、王妃としてやっていけてるのかねえ。心配だよ」

「ゴホンゴホン……え⁉」

待ってどういうことですか？

ココアで思いっきり咽せてしまった私は、この頃は特別な魔導師だったマリンちゃんのことをよーく思い出してみる。

そうだ、普段はすっかり忘れているけれど、マリンちゃんは私の心の中を読んでるんだった！

理解が追いつかないでいると、マリンちゃんはさらに呆れた顔をする。

「大体にして、破滅フラグって何かね？　アンタにそんなものあったかね？」

「ええと……それはほら……」

破滅フラグについて説明しようとして、ソル殿下とクラレンス様のお顔を交互に見ると、二人は不思議そうに固まっていた。

あれ？　破滅フラグ……。あの恋愛小説にはあったけど、私の人生には破滅フラグなんてなかったですね？

というか、もし私に破滅フラグがあったのだとしたら、それをへし折ってくれたのは王子様時代のソル殿下だった。

自分を犠牲にしてまで、私を守ろうとしてくれた人。

私があの頃のことを思い出せば、マリンちゃんはふふっと懐かしい笑顔を浮かべる。

「それなら元の世界にお帰り。久しぶりで懐かしかっただろう？　でももう戻ってきちゃだめだよ。アンタはここがただの夢の中だと思い込んでいるみたいだけど、そんな簡単な場所じゃないんだ。本当に抜け出せなくなることもある」

そこまで聞いた途端、世界がぐにゃりと歪み、耳元でマリンちゃんがパチンと指を弾く音がした。

◇

「お母様！」

目を覚ますと、枕元にはクレマンの顔があった。

涙で瞳を潤ませて、私の顔を覗き込んでいる。

「クレマン……？　どうして泣いているの？」

なぜかいつもより重く感じる体を起こして問いかけると、クレマンはわあわあと声をあげてますます泣き出してしまった。

「セレナ。クレマンはずっと心配していたんだよ。クレマンだけじゃなくて、子どもたち全員と、私もだ」

「ソル……？」

あれ。今気がついたけれど、うまく喋れないっていうか声が枯れているような？

そして、私のベッドの周りには家族が勢揃いしていた。

私とソルが結婚してから十年。長男で第一王子のクレマンは八歳になった。二男のロイクは六歳、長女クリステルは三歳。

皆とってもかわいくて、私の宝物。

その皆が、私を覗き込んでとても心配そうな顔をしている。

状況が全然理解できないのだけれど、どういうこと……？

首を傾げていると、ソルが教えてくれた。

「セレナは一週間前からずっと眠り続けていたんだ。どんなに起こしてもダメで、魔女のマリンに相談したんだ。そうしたらこの種をくれた。枕元で燃やせと」

ソルの視線を追うと、ベッドサイドのお皿の上で胡桃《くるみ》のような形をした種が燃えていた。火の熱さに時折パチンと音を立てている。

――これは、夢の中のマリンちゃんが最後に指を弾いたときのものと同じ音のような？

「そうなんですか……って、私一週間も眠り続けていたの⁉」

「ああ。とても心配した。目覚めてよかった」

ソルが私の肩を抱きしめて額にキスをしてくる。

それを合図に、クレマンとクリステルが私に抱きついた。

「お母様がずっとこのまま目覚めなかったらどうしようって不安でした」

「おかあさまがやっとめをさましてくれてうれしい！」

そっか……一週間も眠っていたなら心配するよね……。

確かに、夢の中の世界でも一週間ぐらい経っていたような？

同じだけの時間が経過しているのだとしたら、目覚めなかったら大変だった。

でも、もう少しだけ夢の中にいたら、俺様ソルにも会えたのかなって思ってしまう。

確かにソルの中に存在を感じるけれど、もう二度と会えない私たちの大切な友人。

「ごめんね。少し寝過ぎちゃったみたいで」

二人を抱きしめてなでなでですると、一人だけ抱きついてこなかった二男のロイクが部屋を出て行こうとする。

「ロイク？　どこに行くの？」

「……ココアをもらってくる」

「まぁ」

そんなの今はいいのに、って思ったけれど、ロイクは足早に部屋を出て行ってしまった。

二男のロイクは優しい子なんだけど、ちょっとクールで我が道を行くところがある。

私にもソルにも似ていなくて、どちらかと言ったら、俺様ソルみたいな……。

そんなことを考えていたら、ソルにも私の考えが伝わったみたい。

「ロイクは本当に不器用で優しい子だな」

「はい！」

ソルと微笑みあった後、私はあることに気がついた。

眠りにつく前に枕元に置いたはずの、古物商から購入した小説がないのだ。

どこに行っちゃったのかな？

気になって、控えているメイドに聞いてみる。

「ねえ。ここにあった『処刑王女は死に戻って破滅フラグを折り続ける』っていう小説を知らないかしら？　ちょっと古い本で」

「……？　そんな本、見たことがありませんけれど……？」

「？　え？　確かにあったはずなんだけど」

おかしいな、と首を傾げれば、子どもたちが楽しそうに話しかけてくる。

「おかあさま！　なにかおはなしして！」

「ずいぶん長く眠っていらっしゃいましたけど、何か夢を見ていたんですか？」

うんうんうん。

まぁ、いっか。

消えてしまった本のことは気になるけど、今は子どもたちと一緒に遊びたい！

「ふふっ。それなら、お父様とお母様の出会いのお話をしてあげましょう」

「わーたのしみ！」

私はそうして、ベッドの隣に置いてあるチェストの引き出しから『セレナの聖女試験日誌』を取り出す。

ソルと、子どもたちと、皆と、ずっとこの幸せな日々が続いていくことを願いながら。

あとがき

ものすごくお久しぶりになってしまいましたがこんにちは！　一分咲です。

この度は『落第聖女なのに、なぜか訳ありの王子様に溺愛されています！』の二巻をお手に取ってくださり本当にありがとうございます。


二巻は、二人のソルがどうなるのかということだけでなく、マリンちゃんのためにセレナが奔走するお話になりました。

訪問した先でうれしい再会もあり……とにかく、口絵にいるノエルがめちゃくちゃかわいいので見ていただきたいです！

『落第聖女』は二巻で完結です。今回、二巻まで出していただけることになり、ＷＥＢ版でのハッピーエンドの少し先まで書くことが叶いました。

あのセレナが王妃って楽しそうだけどとっても心が広い国だな……と人ごとに思いつつ、きっとセレナに支えられたソルはどんなことにも挫けることがない素敵な国王になるのだろうと思います。そう信じたいです。

私の作品の中ではちょっと異色な明るくかわいい主人公の幸せなお話、楽しんでいただけたらうれしいです。ここまでお読みくださいましてありがとうございました！

また、『落第聖女』はイタガキコマリ先生によるコミカライズが大変かわいらしく好評でした。キャラたちが生き生きと動いていて、連載中は一読者として毎週楽しみに拝読していたのがなつかしいです。こちらも全三巻のハッピーエンドで完結しています（最終話は書籍版と別展開になっています）。

この後、特別にコミカライズ第一話を収録していただきました。冒頭のざまぁをお願いするシーンからかわいいが全部詰まっているし、クラレンス様がんばっての気持ちでいっぱいです。とってもほっこりするコミカライズなので、ぜひお楽しみいただけますように……！

最後になりましたが、出版に関わってくださった皆さまにお礼を申し上げます。

読者さま、素敵なイラストを描いてくださった笹原亜美先生、担当編集さまをはじめとした出版社の皆さま。また、二巻の執筆は友人たちの励ましにも救われました。

本作を支えてくださったすべての皆さま、本当にありがとうございました。無事に完結できてよかったです。

またいつかどこかでお会いできることを願って。

一分咲

ナーバナ王国《おうこく》
…セレナ
「ざまぁ」してほしいんだ
…え？
ソル殿下《でんか》今《いま》なんとおっしゃいました？
——だから

僕《ぼく》に「ざまぁ」してほしいんだ
ざまぁぁぁぁ
えええ!!?
ブフッ

落第聖女なのに、なぜか訳ありの王子様に溺愛されています!
漫画◆イタガキコマリ

王宮《おうきゅう》 第《だい》三王子《おうじ》 執務室《しつむしつ》
…あの それで ソル殿下《でんか》
「ざまぁ」してほしい だけでは意味《いみ》が 分《わ》かりません もう少《すこ》し詳《くわ》しく 教《おし》えてくださいな
オルレアン伯爵《はくしゃく》家《け》令嬢《れいじょう》 セレナ ソルの婚約者《こんやくしゃ》
そうです この国《くに》の 第《だい》三王子《おうじ》の貴方《あなた》が どこで そんな言葉《ことば》を？
クラレンス ソルの側近《そっきん》

まさか仕事《しごと》や勉強《べんきょう》を疎《おろそ》かにして
チラ…
机《つくえ》の上《うえ》の恋愛小説《れんあいしょうせつ》を読《よ》んで覚《おぼ》えたとか？
婚約破棄してみた
妹は悪役令嬢
はいはい相変《あいか》わらず堅《かた》いなぁクラレンスは
そんな言葉《ことば》を使《つか》っているから「空《から》っぽの王子《おうじ》」などと皆《みな》から呼《よ》ばれるのです！
大体《だいたい》「ざまぁ」ってなんですか!?
ざまぁ!!
クラレンス様《さま》
「ざまぁ」とは悪役《あくやく》の敗北《はいぼく》や愚行《ぐこう》をあざ笑《わら》うことです

そんな恐《おそ》れ多《おお》いことを殿下《でんか》が私《わたし》に頼《たの》むなんて
余程《よほど》の理由《りゆう》がおありなのでは？
…うん 実《じつ》はね セレナ…
僕《ぼく》は「クラブ・ピンクトルマリン」のマリンちゃんのことを
好《す》きになってしまったんだ！

クラ…クラ…
マリン？
「クラブ・ピンクトルマリン」
城下町《じょうかまち》のキャバクラのことですね
セレナ嬢《じょう》ご存《ぞん》じなのですか？
えっ まあ
私《わたし》は行《い》ったことはありませんけど…
「クラブ・ピンクトルマリン」
それは子供《こども》が口《くち》にできない憧《あこが》れの秘密《ひみつ》の花園《はなぞの》…
伯爵家出身《はくしゃくけしゅっしん》の私《わたし》が知《し》っているのは浪費家《ろうひか》の祖父《そふ》が通《かよ》い詰《つ》めていたからだ
キャバクラはれっきとした社交場だ
もちろん18歳《さい》になった今《いま》ではどんな場所《ばしょ》か分《わ》かっているが…

それでね そのキャバクラに ユリノ侯爵《こうしゃく》が 内緒《ないしょ》で連《つ》れて 行《い》ってくれて とても 楽《たの》しかったんだ！
まったく侯爵《こうしゃく》は 国《くに》の第《だい》三王子《おうじ》を なんてところへ……！
ソル・トロワ・クラヴェル
……

持《も》てる能力《のうりょく》の全《すべ》てをルックスに全振《ぜんふ》りしたと言《い》われている
ナーバナ王国《おうこく》の第《だい》三王子《おうじ》
この国《くに》きっての美形《びけい》だけど
色々《いろいろ》残念《ざんねん》なところがあり

ついたあだ名《な》は「空《から》っぽの王子《おうじ》」
パンパカパーーン♪
そりゃあ目《め》の保養《ほよう》にはなるけど…
婚約者《こんやくしゃ》である私《わたし》にソル殿下《でんか》への恋心《こいごころ》はまったくなかった
今《いま》のところ…

あセレナも今度《こんど》一緒《いっしょ》に行《い》く？そのキャバクラに
えっ…
うずっ
何《なに》言《い》ってるんですかセレナ嬢《じょう》が行《い》くはずないでしょう
コッコホン
つまりソル殿下《でんか》はそのマリンちゃんとの結婚《けっこん》をお考《かんが》えなんですね
でしたら単純《たんじゅん》に私《わたし》と婚約解消《こんやくかいしょう》をしたらどうかしら
セレナ…それはそうなんだけど…

乗《の》り換《か》えたい 相手《あいて》が キャバクラに お勤《つと》めですと 正攻法《せいこうほう》で いくのは 難《むずか》しいかと…
マリン
一応《いちおう》殿下《でんか》は この国《くに》の 第《だい》三王子《おうじ》 ですから
なるほど それで マリンちゃんと 問題《もんだい》なく 結婚《けっこん》できるよう 「ざまぁ」で 自分《じぶん》の評判《ひょうばん》を 落《お》としたいと
私が守ってあげる！
マリン
うん その通《とお》りだ！
……… 事情《じじょう》は わかりました
セレナ嬢《じょう》!? まさか お引《ひ》き受《う》け するつもりですか!?

ガタッ
もちろん！ソル殿下《でんか》は私《わたし》の婚約者《こんやくしゃ》ですがその前《まえ》に大切《たいせつ》な友人《ゆうじん》…
殿下《でんか》の幸《しあわ》せのためなら私《わたし》が手助《てだす》けいたします！
わっ
セレナ！
あの…ですがソル殿下《でんか》
それにはまず——

お金《かね》を!!!
我《わ》がオルレアン伯爵家《はくしゃくけ》の領民《りょうみん》が潤《うるお》うぐらいの慰謝料《いしゃりょう》を頂《いただ》けるのなら
このセレナ完璧《かんぺき》に立《た》ち回《まわ》って見《み》せます!
正直《しょうじき》ソル殿下《でんか》に未練《みれん》はないけど…
オルレアン伯爵家《はくしゃくけ》は今《いま》祖父《そふ》の浪費《ろうひ》のせいで借金《しゃっきん》まみれ——
私《わたし》の肩《かた》には家《いえ》と領民《りょうみん》の生活《せいかつ》がかかっている
この婚姻《こんいん》に莫大《ばくだい》なメリットがある以上《いじょう》
ここはしっかり交渉《こうしょう》しないと…!

――18年前《ねんまえ》
セレナはナーバナ王国《おうこく》のオルレアン伯爵家《はくしゃくけ》の末《すえ》っ子《こ》として生《う》まれた
そしてセレナは明《あか》るく能天気《のうてんき》という一族《いちぞく》の資質《ししつ》を余《あま》すところなく受《う》け継《つ》ぎ育《そだ》った
オルレアン伯爵家《はくしゃくけ》は爵位《しゃくい》を賜《たまわ》っているものの
現在《げんざい》長年《ながねん》の浪費《ろうひ》が祟《たた》っていい感《かん》じに貧乏《びんぼう》だ
領地《りょうち》をうまく経営《けいえい》していく才能《さいのう》もなく一家《いっか》揃《そろ》って途方《とほう》に暮《く》れていたところ――

幸運《こううん》にも
このナーバナ王国《おうこく》の 第《だい》三王子《おうじ》である ソル・トロワ・クラヴェル殿下《でんか》と セレナの婚約話《こんやくばなし》が 舞《ま》い込《こ》んだのだ
王家《おうけ》からは
もし よかったら…
できたらで いいので…
という弱気《よわき》な 要請《ようせい》だったが
オルレアン伯爵家《はくしゃくけ》の 一同《いちどう》は前《まえ》のめりで 承諾《しょうだく》した

だから
お金《かね》がないと…
大丈夫《だいじょうぶ》だよ
セレナ
金銭面《きんせんめん》については
安心《あんしん》して
婚姻《こんいん》によって
生《しょう》じるはず
だった
借金《しゃっきん》返済《へんさい》や
領地《りょうち》への助成金《じょせいきん》は
ちゃんと
払《はら》うつもりだ
…ほ
本当《ほんとう》ですか？
ぱあああああ
ありがとう
ございます
ソル殿下《でんか》!!
よかった
これで
借金《しゃっきん》帳消《ちょうけ》しね
でしたら私《わたし》は
仮《かり》の婚約者《こんやくしゃ》として
しっかり
務《つと》めてみせます!!
よっしゃアア
なんだか
ノリノリ
じゃないですか
セレナ嬢《じょう》…

…でも「ざまぁ」って どうしたら いいのかしら クラブで 豪遊《ごうゆう》して 代金《だいきん》を 踏《ふ》み倒《たお》すとか？
いえ それでは ただの 食《く》い逃《に》げです
あの… ここにある本《ほん》 参考資料《さんこうしりょう》に 私《わたし》が頂《いただ》いても いいですか!?
まずはこれで 完璧《かんぺき》な「ざまぁ」が できるよう 勉強《べんきょう》してきますね！
では 失礼致《しつれいいた》します！
バタン…
こうして私《わたし》は ソル殿下《でんか》のための 「ざまぁ」を引《ひ》き受《う》ける ことになった

ほく
ほく
ああ 今日《きょう》はなんて いい日《ひ》なの！
節約《せつやく》のために 買《か》うのを 諦《あきら》めていた
人気《にんき》恋愛《れんあい》小説《しょうせつ》の 最新刊《さいしんかん》がタダで 読《よ》めるなんて…！
ありがとう ソル殿下…
あの東屋《あずまや》…
そういえば もう半年前《はんとしまえ》なのね ソル殿下《でんか》とご一緒《いっしょ》した あの夜会《やかい》も…
政略結婚《せいりゃくけっこん》とはいえ ソル殿下《でんか》は友人《ゆうじん》だし 皆《みな》から 「空《から》っぽの王子《おうじ》」 なんて言《い》われてるけど 本当《ほんとう》はとっても 素敵《すてき》な方《かた》なのよね——…

半年前《はんとしまえ》
ザワ
ザワ
おめでとうございます
おめでとうございます クリストファー殿下《でんか》
あの… ソル殿下《でんか》
私《わたし》たちはこんな所《ところ》にいていいのでしょうか
今日《きょう》は第《だい》一王子《おうじ》のクリストファー殿下《でんか》のお誕生日《たんじょうび》の夜会《やかい》ですよね?

大丈夫《だいじょうぶ》だよ
殿下《でんか》への挨拶《あいさつ》は
もう済《す》ませたから
…そうですか
実《じつ》は
緊張《きんちょう》していたので
少《すこ》し安心《あんしん》しました
異母兄《いぼけい》の
クリストファー殿下《でんか》を
「殿下《でんか》」と呼《よ》ぶなんて…
歳《とし》はあまり
変《か》わらないのに…
王位継承《おういけいしょう》が
絡《から》んでいるん
ですもの
複雑《ふくざつ》よね…
セレナは
王宮《おうきゅう》での夜会《やかい》は
初《はじ》めてだったね
僕《ぼく》は
夜会《やかい》があると
よくこの東屋《あずまや》に
避難《ひなん》してるんだ
ソル殿下《でんか》なら
他《ほか》のご令嬢《れいじょう》に
囲《かこ》まれて
大変《たいへん》でしょうね
クスクス

…ちょっとね
!!!
ドキッ
………

くるっ
!!
カァァァァ…
やだ…どうしたんだろ
私《わたし》ったら顔真《かおま》っ赤《か》…
…セレナ？
別名《べつめい》「空《から》っぽの王子《おうじ》」
なんだか本当《ほんとう》に不思議《ふしぎ》な人《ひと》…

ソル殿下《でんか》は王族《おうぞく》なのに絶対《ぜったい》娘《むすめ》を嫁《とつ》がせたくない相手《あいて》として有名《ゆうめい》だ
だけど当然《とうぜん》ながら社交界《しゃこうかい》の令嬢《れいじょう》たちの間《あいだ》ではダントツの人気《にんき》である
恋《こい》をしたことない私《わたし》でもドキッとしちゃう…
きゃあ きゃあ
あーあ 残念《ざんねん》 誰《だれ》か来《く》るね
えっ どうしましょうか…?
見《み》た? 第《だい》三王子《おうじ》のソル殿下《でんか》!

ご婚約《こんやく》されたと
聞《き》いたから
どんなお相手《あいて》かと
思《おも》えば…
オルレアン伯爵家《はくしゃくけ》!?
名門《めいもん》でもなんでも
ないわ
私《わたし》ももっと本気《ほんき》で
お父様《とうさま》にお願《ねが》い
すれば良《よ》かった!
彼女《かのじょ》
素材《そざい》は
悪《わる》くないけど…
ドレスも
普通《ふつう》だし
身《み》に着《つ》けてる
宝石《ほうせき》も石《いし》が
小《ちい》さすぎて
貧相《ひんそう》に見《み》えたわ
グサッ
グサササ
色々《いろいろ》
もったいない
子《こ》ね
私《わたし》のこと
だよね…?
もちろん
でも家《いえ》の
お財布《さいふ》の状況《じょうきょう》が…
スッ
ソル殿下《でんか》?

こんばんは ご令嬢方《れいじょうがた》
ヒラヒラ〜
で……
殿下《でんか》……!!!
セレナ こちらへ
くるっ
えええ!!?

おず…
はい
ソル殿下《でんか》…
こちらは
僕《ぼく》の婚約者《こんやくしゃ》の
セレナ嬢《じょう》です
彼女《かのじょ》に
紹介《しょうかい》するために
皆《みんな》の名前《なまえ》が
知《し》りたいんだけど
教《おし》えてもらえるかな？
!!!
話《はなし》を聞《き》かれた!?
しかも
名乗《なの》れと!!?
ニコ
ニコ
何《なに》も考《かんが》えて
ないんだろうな
この人《ひと》…

スッ
セレナ…様《さま》
私は
ウィンストン侯爵家《こうしゃくけ》の
アリエルと申《もう》します
わぁ…
すごく綺麗《きれい》な方《かた》…
ドレスも宝石《ほうせき》も
最新《さいしん》のデザインだし
金髪《きんぱつ》も綺麗《きれい》に
巻《ま》かれていて
なんて
煌《きら》びやかで
華《はな》やかなの…

確《たし》かに彼女《かのじょ》から見《み》ると私《わたし》って…
地味っ
コレ惜《お》しいで済《す》ませてくれただけありがたいんじゃ…
じっ
この首飾《くびかざ》りが気《き》になるのかな…?
よっぽど宝石《ほうせき》が好《す》きなのね
それは僕《ぼく》がプレゼントしたんだ
石《いし》は小《ちい》さいけど透《す》き通《とお》っていて素敵《すてき》でしょ?
…不躾《ぶしつけ》に申《もう》し訳《わけ》ございませんでした
ズッ

確《たし》かに近《ちか》くで見《み》ると本当《ほんとう》に素敵《すてき》ですね
…ありがとうアリエル様《さま》
そ…そろそろ戻《もど》りましょうアリエル様《さま》この度《たび》は申《もう》し訳《わけ》ありませんでした！
し…失礼《しつれい》致《いた》しますわ
サーーッ
…ごめんねプレゼントなんて嘘《うそ》ついちゃって
いえ…
ソル殿下《でんか》のお陰《かげ》でアリエル様《さま》が褒《ほ》めてくださって嬉《うれ》しかったです

もう少《すこ》し ここにいようか セレナ…
この首飾《くびかざ》りは 小《ちい》さい頃《ころ》 大切《たいせつ》な友人《ゆうじん》から もらったもので ドレスアップ する時《とき》だけでなく いつも身《み》に着《つ》けて いる宝石《ほうせき》だ
夜会《やかい》の日《ひ》も 母《はは》が言《い》っていた
そのドレスなら もっと派手《はで》な ジュエリーに しないと!
私《わたし》は友人《ゆうじん》として ソル殿下《でんか》が 好《す》きだ
もっとも ドレスに負《ま》けない ジュエリーは全部《ぜんぶ》 売却済《ばいきゃくず》みなんだ けどね…
だから大切《たいせつ》な 友人《ゆうじん》の幸《しあわ》せのために なんとしてでも 「ざまぁ」を 成功《せいこう》させなくちゃ…!

ギ…
――で
これで良《よ》かったのですかソル殿下《でんか》
ああごめんねこんな小芝居《こしばい》に付《つ》き合《あ》わせて…
まったく「ざまぁ」ってなんですか打《う》ち合《あ》わせにないこと言《い》わないでもらえますか
本もわざと机に置いたりして…
ふふっつい使《つか》ってみたくなってね
…もしこれでセレナに傷《きず》がつくことなく無事《ぶじ》に婚約解消《こんやくかいしょう》ができたら
彼女《かのじょ》のことはお願《ねが》いね

僕《ぼく》としてはクラレンスと結《むす》ばれるのが一番安心《いちばんあんしん》で嬉《うれ》しいんだけどなぁ
…そんなにセレナ嬢《じょう》のことをお思《おも》いなら婚約解消《こんやくかいしょう》なんて必要《ひつよう》ないでしょう
私《わたし》にはお似合《にあ》いの二人《ふたり》にしか見《み》えません
………
でも僕《ぼく》はこの先《さき》どうなるか分《わ》からないからね
…セレナにはちゃんとした人《ひと》と本当《ほんとう》に幸《しあわ》せになって欲《ほ》しいんだ

ふん
ふん
今日《きょう》は徹夜《てつや》で勉強《べんきょう》だわ！
ソル殿下《でんか》のこの頼《たの》みごとがやがて王国《おうこく》をも巻《ま》き込《こ》み私《わたし》の人生《じんせい》を大《おお》きく変《か》えていくなんて
この時《とき》の私《わたし》はまだ思《おも》いもしなかった――

Kラノベブックスf

落《らく》第《だい》聖《せい》女《じょ》なのに、なぜか訳《わけ》ありの王《おう》子《じ》様《さま》に溺《でき》愛《あい》されています！2

一《いち》分《ぶ》咲《さき》

2023年10月31日第1刷発行

発行者	森田浩章
発行所	株式会社 講談社 〒112-8001　東京都文京区音羽2-12-21
電　話	出版　(03)5395-3715 販売　(03)5395-3605 業務　(03)5395-3603
デザイン	ムシカゴグラフィクス
本文データ制作	講談社デジタル製作
印刷所	株式会社ＫＰＳプロダクツ
製本所	株式会社フォーネット社

ISBN978-4-06-533307-5　N.D.C.913　242p　19cm
定価はカバーに表示してあります

ファンレター、
作品のご感想を
お待ちしています。

あて先
〒112-8001　東京都文京区音羽2-12-21
(株) 講談社　ライトノベル出版部 気付
「一分咲先生」係
「笹原亜美先生」係